トルストイとロシアの戦争

糸川紘一

文藝書房

まえがき

プーチン戦争の真相は自称「特別軍事作戦」の「特別」というオブラートに包《くる》まれている。侵攻は侵略戦争という戦略の戦術であるが、それに「特別」という一語を被《かぶ》せたのは、プーチン一流の巧妙かつ狡猾な布石である。その布石とは、侵略戦争を真逆の防衛戦争に、攻撃を防御と、暴挙を果敢と見せかける詐術である。それはすべて「黒を白と言い包《くる》める」欺瞞であるが、その「言い包める」の「包める」はオブラートの使途そのものである。国語辞典の語釈によれば、「言い包める」は「言い黒める」の音変化であり、「黒める」は騙す意である（『大辞泉』）。すなわち、プーチンは「特別軍事作戦」という名辞で自国ロシアを騙し、世界を騙している訳である。

侵攻一年、形勢不利と見たプーチンは戦争の標的をウクライナからNATOや西欧諸国にすり替える。それによって侵略戦争から防衛戦争へのすり替えが見かけ上は功を奏しているかの如くである。国内では容赦ない言論統制によって大半の国民は政権側の一方的なプロパガンダにしか接することが出来ないため、すり替えが罷り通り、真実は隠される。思えばソ連崩壊当時、ゴルバチョフ大統領の右腕として活躍したシェワルナゼ外相は「独裁がやって来る」と予言したが、その予言は的中して現実のものとなった。その文脈では、問題の根源はプーチン戦争以前にあり、プーチン政治にあり、それを許したロシアという国やその国民にある。問題はすぐれてプーチンの独裁政権にあり、事実上の独裁国家ロシアにある訳である。外交が内政の延長線上にあるように、外交の破綻としての戦争も内政を反映している。『逆転の発想』(正・続)(糸川英夫、「ロケット博士」)をすれば、プーチン政治は既に実質的に破綻している、ということではないか。この戦争が今後どのように展開しようとも、それがプーチン政治の「終わりの始まり」であることは否定できまい。

ウクライナ戦争(二〇二二年―)が起こってみれば、その八年前のクリミア「併合」(二〇一四年)はその前段階であり、前哨戦であったことが分かる。この二つは別個の二件ではなく、不可分の一件であることも。事実、ゼレンスキー政権はもうとっくにそう考えている。すなわち、この二件を合わせて「ウクライナ戦争」であると。プーチン戦争の一里塚としてのチェチェン戦争については、本書の序章「ロシアの侵略戦争と防衛戦争」および第六章「再録旧稿」の「コーカサス戦争の鏡としてのトルストイ」でも触れている。

プーチン戦争の真相は何か。その真実は、本質は何か。この問いはロシアの良心にして世界の良心であるトルストイに向けられずに居ない。戦争とは何か——『戦争と平和』の作者はそれを知悉している。戦争の真実とは何か—それは殺人と大量殺戮という赤裸々な事実であることを、トルストイは自身の戦争体験でも熟知している。

「内政と外交」、そして「内政と戦争」という視点を加えてウクライナ戦争を考えれば、プーチンのウクライナ戦争にはそのモデルがあった。ほかでもない、それはチェチェン戦争である。そしてこれまた、本書の序章「ロシアの侵略戦争と防衛戦争」および第六章「再録旧稿」の「コーカサス戦争の鏡としてのトルストイ」でそれを取り上げている。プーチン政治はプーチン戦争への道を早い時期から歩んでいたことが、そこには示唆されている。

表紙画像提供・糸川紘一
表　紙　協　力・天塩　秀

目次

トルストイとロシアの戦争

序章　ロシアの侵略戦争と防衛戦争

ウクライナ戦争は紛れもないロシアの侵略戦争である。その別名プーチン戦争も今や市民権を得た感がある。前者は小泉悠（『ウクライナ戦争』）の、後者は下斗米伸夫（『プーチン戦争の論理』）の書名とされた用語である。

トルストイの前半生の代表作『戦争と平和』に書かれたナポレオン戦争はロシアにとって明白な防衛戦争であった。その別名をロシアで「祖国戦争」と言うのは、それが祖国存亡の危機であったからである。『戦争と平和』が名作たり得た要素に祖国防衛戦争というその戦争の性格があったことは多言を要すまい。軍人の士気も国民の覚悟も、祖国が瀕する危急存亡のもとでは醸成も維持もされ易い。

第二次世界大戦の独ソ戦も同様に、ロシアにとって防衛戦争であり、「大祖国戦争」とも呼ばれる。この「大」が付いた祖国戦争をテーマにしたロシア（ソビエト）文学もV・

グロスマンの『正義の事業のために』、『人生と運命』（未訳）といった名作を生みだしている。

それに反して、今次のプーチン戦争が明白なロシアのウクライナ侵略戦争であることは言を俟《ま》たない。トルストイのような、グロスマンのような作家がこの侵略戦争の後に出るかどうかは甚だ疑問としなければならない。文学の基盤には真善美や愛といった、人類の普遍的な価値があるが、そうした価値と無縁な侵略戦争は、ロシア文学の伝統を承けた名作を生みださす基盤に乏しい。これは文学に限ったことではなく、芸術一般に及ばずにいない。いや、芸術に限ったことでもなく、社会の万般の事象に関わることである。プーチン戦争の付けは五年や十年で済むものではなく、五十年、百年に及ばずには居まい。ロシア史千年の、否、永遠の汚点が今、刻々とその国に刻まれている。

ソ連時代には東欧諸国の自由化運動をモスクワ中央を始めとする社会主義体制維持派勢力の連邦構成共和国が軍事力を行使して抑圧した「事件」が幾つか発生した。その折の抑制派の行動は今プーチンが言う「特別軍事作戦」によく似たものであった。今それを戦争でないと考える人もないが、事程左様にそれは戦争の偽名か虚名に過ぎないものである。

ハンガリー事件

スターリン死去の三年後、一九五六年にハンガリーで非スターリン化を求めて動乱が起こった。旧路線のラーコシ派に対してリベラル派のナジが登場し、両派が対立する中でデモが暴動化して全土に広がる。旧路線派はソ連に軍事介入を要請し、ソ連は介入する。その動きに反対して革命的労農政府を樹立したカダルのもと、抵抗は終息する。事件による死傷者は一万数千人に上り、亡命者は二十万人も出た。ナジは逮捕され、一九五八年に処刑される。この事件はソ連介入の是非を中心に国際的な論争を引き起こし、その論争はスターリン主義と非スターリン主義の対立という様相を呈した。そうした論争も、事件そのものも非スターリン化に於ける種々の道を探る抗争であった。後のカダル体制は上からの徹底した非スターリン化を推進したが、この事件はそれを準備した下からの非スターリン化の悲劇的な試みであった。ハンガリー事件と言い、チェコ事件と言うが、こうした「事件」や「事変」の類《たぐ》いは例の「特別軍事作戦」を彷彿とさせる、一種の戦争に他ならない。それは満州事変や柳条湖事件を想起させるが、それらは日中戦争の一環であり、一里塚であった。すなわち、それらは戦争でないとは言えず、戦争とは違うとも言えない。何万、何十万という人が死傷したり亡命したりするのであれば。「特別軍事作戦」とはよく言ったものである。「物は言いよう」で、黒も白になり兼ねない。

チェコ事件

日本がバブル経済に向かう頃の一九六八年に突発したこの「事件」は、「プラハの春」と呼ばれて、当初は世界の期待を集め、希望のスローガンになった。チェコで「人間の顔をした社会主義」を求める動きが官民一体で強まったのに対して、ソ連などが軍事的介入をしてその動きを抑圧した。一九六〇年代後半、ノボトニー党第一書記兼大統領の治下にあるチェコでは、非スターリン化が遅れ、作家・知識人らの不満が高まった。社会主義国家のご多分に漏れず、六〇年代の経済停滞のため、市民の不満も強まっていた。スロバキアでは自治権が制限されていたため、民族の不満も根強く、それも体制の閉鎖性を告発する契機になった。

その年の一月にノボトニーが党第一書記を辞任し、翌年三月には大統領の座からも降りて、事態が「正常化」に向かうが、「事件」はそれまでの一年間のことであった。改革派が政権の中枢を占め、改革の徹底を要求する「二千語宣言」も公表された。

改革の気運に対してソ連とソ連圏諸国は次第に警戒を強め、改革を潰しに掛かる。当時、ソ連の党第一書記はブレジネフであった。六八年三月にドレスデンに集まったソ連・東欧六か国はチェコの改革を帝国主義の破壊活動であるとして糾弾し、警戒し、ソ連・東ドイツの各紙はチェコの改革を攻撃する論陣を張り、ワルシャワ条約機構軍が軍事演習後もチェコに居座る事態となった。七月、ソ連圏五か国（ソ連、東ドイツ、ポーランド、ハンガリー、ブルガリア）はチェコの動きが反革命の危険を孕《はら》むとし、八月、五か国軍の二〇万人が一気にチェコに攻め入り、ドプチェクら改革派の指導者をモスクワに連行した。この軍事介入は西側だけでなく、ユーゴスラヴィア、ルーマニア、アルバニアの東欧諸国にも非難された。ソ連は遂に、拉致してきたドプチェクら改革派を主権者に見立てて交渉せざるを得ない羽目に陥った。だがそのドプチェクも駐留軍を撤退させるために後退して、「正常化」を図るやむなきに至った。六八年秋には改革派が次々に辞任させられ、六九年四月にはドプチェクが党第一書記を退いて、フサークが後任に就いた。「正常化」はほぼ実現したが、それは改革が頓挫したことを意味する。ソ連ほか五か国の軍事介入は奏功した訳である。

十五年越しに連発したハンガリー事件とチェコ事件は停滞の度を増すソ連とソ連圏東欧諸国の危機感を反映してもいたが、社会主義国の凋落という巨視的動向を押しとどめることは出来ず、やがてソ連自体がペレストロイカというゴルバチョフの改革路線に転じて、それがまたソ連崩壊の呼び水になる。こうした現代史の曲折は社会主義諸国の盛衰を一つの大きなベクトルとして、目下のウクライナ戦争に至る軌跡を描いている訳である。そしてその軌跡は、旧ソ連圏の東欧諸国に働いた軍事介入という「前科」の連鎖であり、社会主義政体が体質的・原理的に持つ国家的暴力という前歴の連鎖なのである。従って「特別軍事作戦」は何もプーチンが二〇二二年二月に出し抜けに言い出した口実ではない。ハンガリー事件もチェコ事件も本質的に「特別軍事作戦」であったことを思えば。

元寇（「タタールのくびき」）

ロシアの元寇、すなわち蒙古襲来は戦争と言うには余りに一方的なモンゴル帝国の狼藉《ろうぜき》であった。海がなく、神風も吹かなかったロシアはモンゴル騎馬軍団の襲来の前に一溜りもなかった。その恐るべき爪痕は広大なロシアの各地に今も残されていて、旅人は胸を潰される。どのロシア史の本にも元寇には一章が割かれている。（例、外川継男『ロシアとソ連邦』、第三章「モンゴルとロシア」）ロシア遠征軍を率いたのはチンギス＝ハンの孫のバトゥであり、一隊は一二三七年に東南ロシアのリャザン公国を襲い、住民をすべて虐殺したあと、今のウクライナ方面にまわり、一二四〇年には遂にキエフ（キーウ）を陥落させた。今にして思えば、プーチン戦争はウクライナ人にとって蒙古襲来の悪夢の再来である。その当時はロシア人もウクライナ人も同じ蛮族の犠牲者になった身なのに、大昔のことは忘れたとばかり、ロシアは現代の蒙古帝国の役回りをして、同胞を虐げている。おぞましい人間の性《さが》が丸見えになっている。その後バトゥはボルガ下流のサライを都とするキプチャク＝ハン国（金帳汗国）を建て、一二四〇年から一四八〇年までのおよそ二世紀半ロシアを支配した。この時代はロシア史上「タタール＝モンゴルのくびき」と呼ばれる。目下進行中のウクライナに対するロシアの蛮行は主客転倒ならぬ、主語をロシア自身に変えた、現代に於ける「タタール＝ロシアのくびき」にほかならない。ロシア連邦とやらは、スターリン体制への回帰どころか、ピョートル大帝やイワン雷帝の暴政のもっと前、何と中世にまでタイムスリップしていることを、果たして現代ロシアのネロ皇帝はご存知なのかどうか。それとも、暴君の寿命が尽きるまで、あと十年ほどの辛抱ということなのか。その間に、「同じ穴の狢《むじな》」である東欧諸国、バルト三国、スカンジナビア三国が安泰であるという保証はどこにもない。

日露戦争

日露戦争は日露の両国にとって侵略戦争かつ防衛戦争であった。従ってここでは侵略か防衛かの議論は余り馴染まない。これは日本の大陸進出政策とロシアの東方進出政策が衝突した戦争であり、二つの帝国主義国家が満洲と朝鮮の支配権を巡って権利を主張し合った果ての武力衝突であった。またそれは露仏協商というロシアとフランスの提携と、日英同盟という日本とイギリスの提携の間の対立、すなわち二つの帝国主義ブロックの間のせめぎ合いでもあった。従って戦争は日本側によって開始されたという『トルストイ百科事典』の記述の如きは、日露開戦を巡る本質的な問題とは無関係の、些末な議論に過ぎない。日露の開戦は国際情勢のベクトルと現地情勢のベクトルが複雑に絡み合った果ての「事件」であり、二つの大きなベクトルの必然的な帰結であった。トルストイは自身に直接的に関係があったクリミア戦争、間接的に関係があった一八七七―七八年の露土戦争のいずれについても、どちらが侵略国でどちらが防衛国かという議論を一切していない。その二つの露土戦争のように、大抵の場合に戦争は二つのベクトルの衝突であることを知っていたからこそ、トルストイは敢えてその議論に立ち入らなかったのであろう。モンゴルの来襲や今次のプーチン戦争のように、十対零で一方が侵略国となり、他方が防衛国となる事例はむしろ少ないのが戦争の実情であろう。事程左様に今度のプーチン戦争は悪質な戦争であることを露呈している。プーチンはこの「特別軍事作戦」とやらをモンゴルのロシア来襲という中世の元寇と比べてみればいい。そうすれば、これがどんなに時代遅れの、お蔵入りの事象かが分かろう。くだんの張本人はロシア史を調べてこの侵攻を正当化する論文を書いたというが、モンゴルの来襲による「タタールのくびき」という自国の屈辱の歴史さえ素通りしている。子供騙しの似非《えせ》スラブ民族同胞論で国土と国民を蹂躙《じゅうりん》されたウクライナはたまったものでない。

チェチェン戦争

チェチェン戦争はその数少ないロシアの明白な侵略戦争の一つである。そして現代のチェチェン戦争がプーチンの悪業の手始めであることは余り知られていない。なぜならその実相はその後に頻発した幾多の暗殺や掃討作戦と同様に、その走りとして闇に葬られたままだからである。自身の治世の始めにチェチェン戦争で、そして治世の終わりにウクライナ戦争で、共に侵略戦争を働いた、そして今も働いているプーチンは文字通り終始一貫した侵略戦争の権化であると言える。その暴君ぶりには優に「現代の暴君ネロ」という悪名が献上されて然るべきであろう。

いわゆる「市場経済のロシア」である現代ロシアの大統領はソ連崩壊のどさくさ紛れにエリツィンからプーチンへ引渡された。経済が社会主義から資本主義へと移行する際に、プーチンの裁量で国営企業を安価でせしめたオリガルヒ（新興財閥）は政権に通じる特権階級になり、プーチンの独断・専横の地均《じなら》しをし、独裁者プーチンの道を拓く温床になっていった。強いロシアを希求するロシア人の国民性は力の、すなわち軍事力への信奉をもたらし、政敵や反体制派を抑圧し、しばしば抹殺する恐怖政治を許容してきた。いわゆる暗黙の是認である。プーチン政権の最初期に敢行されたチェチェン共和国の掃討作戦はその嚆矢《こうし》であり、同時にいわゆる「偽旗《にせはた》作戦」の使い初めでもあった。このことはロシアのウクライナ侵攻の三か月後に東京新聞が組んだ四回連載の特集記事「『侵攻の真相』―プーチンとウクライナ」でも説得的に解説されている。(二〇二二年五月二五―二八日。)

現代ロシアのチェチェン戦争は第一次と第二次に分かれる。第一次はエリツィン時代であり、第二次はエリツィン時代の終わり際《ぎわ》とプーチン時代の初期である。

第一次チェチェン戦争(一九九四―九六年)は要するにソ連崩壊の余波としての内乱に近く、モスクワ中央がドミノ効果による自治共和国や自治州の連鎖的な独立を危惧して、押さえ込みに掛かったことによる武力衝突であった。タタールスタンのトラック製造業やヤクート共和国のダイヤモンド採掘業など、有力産業を有する自治共和国などが離脱すると、ロシア経済が立ち行かなる恐れは多分にあった。ロシア社会はこれに大反対で、エリツィンは危うく大統領の座を追われそうになった。九六年秋にロシア軍が退却して終戦になり、事実上、チェチェンは独立国になった。

第二次チェチェン戦争(一九九九―二〇〇八年)はプーチン政権の統治原理に関わる武力衝突である。一九九九年にモスクワ他の都市でアパート連続爆破事件に対してプーチンは犯人の国とされたチェチェンへの報復攻撃に踏み切る。だがそれはロシアの政治情勢を一変させる。それによってプーチンの支持率は首相任命時に二％であったのが、半年後の大統領選挙で当選した時のそれは五十二％強に跳ね上がっていて、それこそが容赦ないチェチェン掃討作戦の目的だったと囁かれた。一九九九年秋、四回目のアパート爆破がヴォルゴドンスクで起きた六日後、リャザン市のアパートで不審人物と、他の爆破事件と同じ爆弾が発見され、一連の事件はいわゆる「やらせ」であり、権力に繋がる諜報機関の「偽旗作戦」、すなわち自作自演である疑いが浮上する。アメリカのジャーナリストは次のように書いている。

「この有名なリャザン事件について国内外のジャーナリストと野党議員は、ＦＳＢ（ロシア連邦保安庁）の組織が爆弾を仕掛けたのでないとしたら、スパイか職員の単独犯行かも知れないと推測した。更に他のアパート爆破事件も同じようにＦＳＢが関与したのかと疑ってしまっても不自然ではない。

センセーショナルな筋書きが考えられた――残酷な連続爆破はＦＳＢの仕業で、政府上層部の何者かが何らかの目的で命じたのかも知れない。（中略）Ｄ・サッターの著書『夜明けの闇』によると、サッターはリャザン事件の目撃者証言に基づき興味深い分析を行なった。そして『リャザン事件はそれ以前の爆破事件と同じ犯人によって計画された』と確信した。犯人像について、『不正に獲得した富を守るために、新しい戦争を起こしてプーチンを大統領の座に就ける必要があった者たちだ。エリツィン政権のリーダーたちに他ならない』と。

政府の爆破事件関与を疑い続ける者の何人かは、その後の数年間に殺害されたか逮捕された。」（S・レヴィン『ザ・プーチン―戦慄の闇―』、中井・櫻井・三宅訳、「阪急コミュニケーションズ」、二〇〇九年、第二章。）（レヴィン記者はロシアでの取材歴が長い。）

ＦＳＢはソ連時代のＫＧＢの後身であり、一九九六年からクレムリン入りしたプーチンはかつては旧ソ連のＫＧＢの職員であり、かつ一時はＦＳＢの長官に就任してもいた。こうした状況証拠が何を物語るかは言わずとも知れよう。連続アパート爆破事件はエリツィン時代末期のことであるが、その対抗措置としての第二次チェチェン戦争、すなわちチェチェン掃討作戦は主としてプーチンの所業である。そして大事なことは、このチェチェン掃討作戦こそが現下のウクライナ侵略戦争に至るプーチンの幾つもの戦争や数知れぬ暗殺の手始めとなったということである。開戦の口実のでっち上げ、数知れぬ偽旗《にせはた》作戦、フェイク・ニュースの洪水のような流し込み、等々、目下のウクライナ戦争で毎日のように見せられ、聞かされ、知らされることの多くは早くもチェチェン戦争の中にあり、主としてチェチェン戦争に始まった。言い換えれば、それらはプーチンの治世の始まりと共に始まったということである。チェチェン戦争にはプーチン政治の原形、プーチン戦争の原形がある。ここにはチェチェン戦争が持つ甚だ大きな意義、極めて大きな意味が現出せずにはいない。今プーチン戦争の渦中にある世界は、クレムリンに入ったプーチンの事実上の初仕事がチェチェン戦争であったということを銘記せねばならない。またプーチンの政治にあっては「初めに戦争ありき」であったことを忘れてはならない。第二次チェチェン戦争の開戦（侵攻）の真相は例によって徹底的に解明されていないし、例によって解明されることはないであろう。そうであるなら、ウクライナ侵略戦争の開戦（侵攻）の真相が徹底的に解明されることは尚更ないであろう。プーチンの始め（チェチェン戦争）になかったことはプーチンの終わり（ウクライナ戦争？）にもない道理だからである。

だが奇しくも、トルストイもまた言わば「初めにコーカサスありき」で、ずばりそのチェチェンで、文学事始めをした。トルストイがコーカサスへ渡った動機は志願兵としてコーカサス戦争に参加することであり、最初の居場所はチェチェンのスタログラトコフスカヤというコサック村であった。こう考え合わせれば、トルストイは言わば「初めにチェチェン戦争ありき」で軍人としてのみならず、作家としても出発したと言えよう。そしてコーカサスで、ずばりそのチェチェンで殆ど最初に書いた一対の作品の一方が『侵攻』であった。（対《つい》の他方は『幼年時代』である。）のみならず、プーチンにとっても、トルストイにとっても、チェチェンの次の第二の戦地はクリミアであり、ウクライナであった（前者にとっては、「あった」ではなく「ある」）。畢竟、この両人は何と言ってもいわゆる「対蹠人《たいせきじん》」であり、水と火ほどにも互いにかけ離れた存在なのではあるが、チェチェンとクリミアという、コーカサスとウクライナという、ある意味で外面的な両者の人生行路には、何やら浅からぬ因縁が見て取れる。もちろん、二人の内面的な人生行路が交わることはない。そして本書のテーマの一半、いや過半を占めるのはトルストイの方であるからして、トルストイに就いての基本的な叙述は本章に譲りたい。祖国が仕掛けた未曾有の大侵略戦争に、ヤースナヤポリャーナの草葉の蔭でトルストイ翁は何を思い、何を語り掛けるか。それを知るためには丹念にその書き物を繙《ひもと》くしかない。

第一章　クリミア戦争

『セヴァストーポリ物語』

二〇二二年四月二十四日にロシア軍のウクライナ侵攻によって始まった戦争はその年内に「プーチン戦争」（下斗米信夫）や「ウクライナ戦争」（小泉悠）という名称を与えられた。（両者の同名の著書名ないしその一部によって。）

「世紀末」の原義は「十九世紀末、ヨーロッパで懐疑的・退廃的な思潮・傾向が強まった時期」であるが、その転義は「一般に世紀の末期。また一つの社会で、最盛期を過ぎて、退廃的な現象が見られる時期」である。（『大辞泉』による。）　世紀末のこうした意味合いを念頭に置けば、プーチンはソ連崩壊という二十世紀末に於けるソ連・ロシアの混乱期の申し子である。混乱期（動乱時代）はロシアの第一王朝（リューリック王朝）が第二王朝（ロマノフ王朝）に交代した一五九八―一六一三年のそれを指すが、似通った時期・時代はロシア史に幾度かある。

プーチンの同胞である祖国ロシアの文豪トルストイはプーチンの所業を予見的に断罪・糾弾していないかと言えば、そうでもない。「セヴァストーポリ物語」と総称される青年期の三部作の第二作『五月のセヴァストーポリ』は次のように結ばれている。

「だが外交官によって解決されなかった問題は弾薬と流血によっても、なお解決されないままだったのである。」

外交は当事国の双方にとっての最善の解決策を言葉や言論によって見出そうとする。だからして弾薬と流血に訴えるのは外交の否定であり、言葉や言論の放棄である。従ってプーチンはウクライナ侵攻という暴挙によって到底解決し得ない迷路に踏み紛《まが》ったことになる。そんなプーチンは無知と不明という烙印を永久に押されることになる。その御仁は言わば「無理が通れば道理が引っ込む」という俚諺《りげん》を地で行った身なのだと言わねばならない。それは決して名誉なことではない。後世はそのことを銘記するであろう。

二十世紀末のソ連・ロシアの混乱期という一種の動乱時代に頭角を現して長期政権の独裁者になったプーチンが「古き良き」（？）ロシアの再現を目指すと言うのなら、彼はロシア史の動乱時代（スムートノエ・ヴレーミャ、１５９８―１６１３年）にも思いを致さねばならない。そしてその時期に現れたボリス・ゴドノフや偽ドミトリー（一世、二世）

という偽皇帝、いわゆる僭称皇帝をも自身と重ね合わせねばならない。またその時期にロシアはポーランドやスウェーデンとの戦争もしたことをも、現代のウクライナ戦争をめぐる情勢には当時のそれとの類似性があることをも。

半藤一利の『語りつくした戦争と平和』の中西進との「親友対談」には次のような件がある。

中西「トルストイは『外交官の解決できなかった問題が、火薬と血で解決できるわけもない」と書いている。（『五月のセヴァストーポリ』乗松恭平訳）。戦争は外交の失敗だとも。

半藤「トルストイの思想は、陸軍は勉強しなかったと思いますね。当時の日本は今の北朝鮮のようなものです。」

中西「日本が満洲に権益を伸ばしていく前段階に朝鮮半島支配がありますよね。第二の朝鮮が満洲なのだと。悪しき拡大が根底にあるのでしょうか。」（東京新聞社、二〇二一年。）

これらの発言はプーチンによる今次の「ウクライナ戦争」（小泉悠の用語）に次のように当て嵌めることが出来よう。

（半藤）「トルストイの思想は、プーチンは勉強しなかったと思いますね。プーチンのロシアは今の北朝鮮のようなものです。」

（中西）「ロシアが東欧に権益を伸ばしていく前段階にウクライナがありますよね。第二のウクライナが旧ソ連の構成共和国なのだと。悪しき拡大が根底にあるのでしょうか。」

プーチンはトルストイやドストエフスキーを「優れた思想家」として恣意的に読んで、自説に取り入れたことが知られている。そして曰く、祖国の二人の文豪の「思想」がどうのこうのと。だが文学から思想だけを読み取るのは邪道であり、正道ではない。思想のない文学はあり得ないが、思想が文学のすべてではない。例えば小説においては、思想と小説そのものは部分と全体の関係にある。プーチンは文学のイロハも知らない。そんな文学観では、そんな「思想」では、言うところの「ルースキー・ミール」（ロシアの世界）も糸瓜《へちま》もない。プーチンの言説の多くは嘘偽り、まやかし、偽物《にせ》であり、本物ではない。

ウクライナ戦争に関してロシア側にいわゆるフェイク・ニュースやフェイク・コメントが夥《おびただ》しいのは、その淵源がプーチンにあるからである。「嘘は泥棒の始まり」と言われるが、それはまた殺人に極まる諸々の犯罪の始まりにもなり、国際場裏では戦争の始まりにもなる。事実、今次のロシアのウクライナ侵攻に際してプーチンは、ドンバス地方の東部二州に於けるロシア系住民をジェノサイド（大量殺戮）から保護するためだと主張し、誰一人として信じる者がいない真っ赤な嘘をつき、噴飯もののフェイク・コメントを数知れず口にしている。ここでは事態は「嘘八百」という言い回しが児語として響き、「嘘無限」、「嘘無数」、「嘘幾許《いくばく》」などという造語が求められるレベルにある。またキーウ近郊のブチャなどでの住民虐殺という戦争犯罪については、なんとそれがウクライナ側の犯行であるという言語道断のフェイク・コメントさえ為された。そして批判や非難が否定ないし弁解できなくなると、すぐに開き直って敵側・相手側の仕業だとする。「臆面もなく」とはこうしたことの謂《い》いである。正に今のロシア世界は「世も末」と言うべきであろう。

こうした嘘まみれのプーチン大統領、嘘で固めた大国ロシア連邦を論じた中村逸郎の著書『ロシアを決して信じるな』はピタリと時宜を得た本と言える。シベリアのチターからのモスクワ行きの飛行機に著者の二個のスーツケースの一個はチターの空港で積み忘れられ、もう一個はモスクワの別の空港へ運ばれたというまさかの事態に著者は「この魔窟のようなロシア」と書いている。類似の災難には本書の著者も幾度か遭遇している。嘘つき大統領プーチンは信用できないし、その大統領が二十年を超える独裁者である国ロシア連邦も信じるには余りにひどい。

その独裁者については名越健郎に著書『独裁者プーチン』がある。その第二章「スパイ大統領の虚像と実像」と第四章「黒いプーチン」の二つの見出しはよくこの独裁者を把捉していて示唆に富むが、第五章「ミニ・ソ連の野望」は今回のウクライナ侵略戦争の目的を解明するためには大事な視点を幾つも教えてくれる。

「信用」の「信」は信仰、信心の信でもある。信用の置けない人間は信仰も信心もない人間であるとも言える。プーチンはロシア正教の信者であるかのように報道されるが、それは相互の利益関係を示すに過ぎない。政敵や反体制派を次々に抹殺してきた前科者がロシア正教というキリスト教の一派の信者であるとしたら、それはロシア正教自体が宗教を騙《かた》る似非《えせ》宗教であることを物語っている。事実、それが隠された真実であることは、これまたトルストイとロシア正教会との関係から明るみに出たことである。同教会は「ロシアの良心」として世界中に讃えられたトルストイを破門した。同会はまた戦争を是認し、戦争に於ける殺人も是認した。真の宗教は人間の最大の罪である殺人を是認しない。また国家による大量殺人が避けられない戦争も是認しない。ロシア正教会は今回もプーチンの戦争を是認している。開戦の年である二〇二二年にそのキリル総主教がプーチン大統領を祝福する映像が日本でも二、三度放映された。一八七七―一八七八年（トルストイが五十歳の頃）、古来一連のロシア・トルコ戦争（露土戦争）がまた勃発した。この戦争は作家が折柄執筆中の『アンナ・カレーニナ』の、その刊行が物議を醸したエピローグ風の最終の第八編で、ヴロンスキーが出征する場面に使用されている。またドストエフスキーは自身が主宰する『作家の日記』で、「コンスタンチノープルは我が国のもの」という見出しを連発して汎スラヴ主義の立場から主戦論を展開した。なるほど後者は前者の『アンナ・カレーニナ』については比類なき芸術性の達成として九天の高みに持ち上げたが、同時にここで前者の非戦論と後者の主戦論が水火の争いとして浮かび上がり、二人の文豪は永遠に対峙することになる。それについて北御門次郎は次のように書いている。

「……（トルストイは）『アンナ・カレーニナ』第八編に至って、ついにキティの父アレクサンドルの口を借りてはっきり戦争否定の立場を表明している。そのため聖戦の存在を信ずる立場のドストエーフスキーの死の翌年、一八八二年に、『悪を以て悪に抗しないこと』という書簡の中で、『ドストエーフスキーが書いていることで、私が大変不快に思うことを、スヒマ僧や大主教たちが私に申しました。ほかでもない、戦争はしてよろしい、それは防衛であり、同胞のために身命を賭することだ、ということです。わたしはそれに対していつも、自分の身体を投げ出して同胞を庇《かば》うのはいいけれど、自分が銃で人を射つのは防衛ではなく殺人だ、と答えたのです』と書いている。要するにトルストイとドストエーフスキーの決定的な立場の相違がそこにあり、私自身はトルストイに出会って以来今日までの六十年間、終始一貫してトルストイの立場に立ってきたわけである。」（『胸に手を当てて考えよう』、北御門二郎訳、地の塩書房、一九九二年。）

またトルストイはその数年後に一連の宗教論を書き始めるが、その皮切りの『懺悔』の中で、欺瞞的なロシア正教会を暴露している。

「私は信仰の名においてどのようなことが行われているかに注目し、そして慄然とした。そしてほとんどまったく正教を棄てた。次に私がとりあげた教会対人生問題の関係は戦争と刑罰とに関わるものであった。

ちょうどその頃、ロシアには戦争が起こっていた。ロシア軍は神の名において同胞を殺戮し始めていた。この事実について考えずにいることは不可能であった。殺人はあらゆる信仰のいちばん根本的な原則に反する悪であることに目をふさぐことは不可能であった。ところが教会ではわが軍の勝利のための祈祷が捧げられ、信仰の教師たちはそれを信仰にもとづく行為と認めていた。しかも彼らがそう認めたのは戦時中の殺人行為だけではなかった。戦後の混乱時代にも、私は教会の幹部たちや教師たち、修道僧たちやスヒーマ僧たちが抵抗力のない迷える若者たちの殺戮を是認するのをまのあたりに見た。私はキリスト教を信奉する人々によって行われるすべてのことに注目し、そして慄然とした。」（木村彰一訳、十五。）

この件でトルストイは一八七七―七八年の露土戦争に際して似非《えせ》宗教としてのロシア正教を暴露するが、続く件では真の宗教、真正の宗教があることを忘れずに述べる。そうでないと宗教一般を似非宗教と決めつけることになり、真実に違い、公正を欠くことになるからである。作家がそう考える根拠は「民衆がみな真理の知識を持っていることは疑うことができない事実だった。何故ならもし持っていなければ生きていけない」（十六）からである。

ここからトルストイは宗教に関わる虚偽と真実の研究に取り組むことになり、『教義神学の批判』、『要約福音書』、『我が信仰はいずれにありや』、『神の王国は汝らの内にあり』といった宗教論を著わし、数点の宗教論文を書く。『懺悔』はそれら全体の言わば序論を成すものであった。

それはともかく、『懺悔』に於いてトルストイは十九世紀後半の露土戦争に際してロシア正教会の虚偽を暴露したのであるが、それから一世紀半後の今、ウクライナ戦争に際してロシア正教会は又しても同じ体質を曝け出した。今のキリル大主教がプーチンを支持する映像が度々テレビに出る。「十年一日」の如しと言うが、ここでは「百年一日」の如き、その旧態依然の体質が覗われる。ロシア正教会は国教、正にロシアという国の国家宗教であり、権力者の道具であるに過ぎない。そこでは政教分離など思いも寄らず、政教癒着が文字通り常態である様相が露顕している。二〇二二年は世界がウクライナ戦争に明け暮れたが、日本では国会が長期に亘って同じく似非宗教の旧統一教会の問題に翻弄された。古今東西、「政治（または戦争）と宗教」という問題は厄介至極な難問としてある。

そして今回のロシアのウクライナ侵攻にもその特質が現れた。政教分離ならいざ知らず、建国以来の国是として政教一如のロシアでは、国民は自ら信じる正教が容認する政府が起こした戦争に抗《あらが》い難い。『戦争と平和』の作者はその祖国ロシアの今次のウクライナ戦争、プーチン戦争に関しても多くを教えてくれる。

トルストイの非戦論『考え直せ』の第四節には、エピグラフ風の引用文が四つ掲げられているが、その第一はリシェである。それはクリミア戦争についてであると思われるが、その年代を「一八五六年にイギリスとフランスがロシアに宣戦布告した時」としているのは、おそらく、リシェの記憶違いか誤記であろう。クリミア戦争は一八五三―一八五六年であり、イギリスとフランスがロシアに宣戦布告したのは一八五四年である。

「クリミア戦争の敗北」という小見出しで外川継男は次のように書いている。

「一八五三年から三年間に亙って行われたクリミア戦争は、ロシアにとって祖国戦争に次ぐ、国を挙げての大きな戦いであった。

この戦争の直接の原因は、トルコ領内にあった聖地イェルサレムの管理問題であった。一八五二年の末に、トルコ政府はナポレオン三世の要求に屈して、ベツレヘムの教会の管理権をギリシア正教徒から取り上げて、カトリックの司祭に与えた。このことはトルコ領内に於ける正教徒の地位を危うくすると同時に、正教徒の保護者を以て任じるロシア皇帝の面目失墜にも繋がるものであった。ニコライ一世は特使を派遣して、聖地管理権の復活と正教徒の権利の保障を要求した。トルコ政府は前者の要求には応じたものの、後者は内政干渉であるとして拒絶した。

　ここに至ってニコライ一世は、一八五三年の夏、八万の軍をトルコ領内のモルダヴィアとワラキアに進駐させた。同年十月、トルコはロシアに宣戦を布告し、翌年（一八五四年。――本書の著者注）イギリス、フランス、それにオーストリアとサルディニアまでがトルコ側について参戦した。」（外川継男『ロシアとソ連邦』、講談社学術文庫、一九九一年、傍点ルビは引用者。）

　誤記と思われる年代はさておき、リシェはクリミア戦争を言っているとすれば、その開戦の原因をめぐるリシェの見解はロシア史学者の外川継男のそれに異を唱えるものである。

「外交や新聞のお陰で、どんなに些細な外交上の行き違いから聖戦が勃発するか、全く驚く他ない。一八五六年にイギリスとフランスがロシアに宣戦布告した時、余りにも些細な事情からのことだったので、その原因を知るには外交古文書を長いあいだ引っ掻き回さねばならない程だった。ところがその奇怪な行き違いの結果は、五十万人を超える死者と、五十億ないし六十億の金の消費であった。」（トルストイ、『考え直せ』、第四節、傍点ルビは引用者。）

リシェは歴史学などがクリミア戦争の原因とするものに異を唱えている訳であるが、定めしその目には「原因の原因」と見なし得る事例が幾つも見えていたのであろう。リシェのこの指摘は、戦争の原因というものが多分に相対的なものであることを暗示している。そしてトルストイが『考え直せ』の第四節のエピグラフの第一にリシェのこの意見を掲げた意図も、そのことに読者の留意を促すためであったと考えられる。何しろ『戦争と平和』の作者は開戦の「原因」も含めて、戦争というものを知り尽くしているからには。

第二章　ナポレオン戦争

『戦争と平和』

文芸評論家で哲学者、かつジャーナリストでもあり、トルストイやドストエフスキーと親交もあった二人の同時代人N・ストラーホフは『戦争と平和』論も書いた。その内「アウステルリッツの高い空」とガルシンの『四日間』の呼応関係については後述する通りである。

ストラーホフは、プーシキン、ツルゲーネフ、ドストエフスキー、ゲルツェン、フェート他について批判的分析を書いたが、彼自身が「自分の最良の仕事」と見なしていたのは「四つの歌として書いた批判的長詩―『戦争と平和』の批判的分析であった。（トルストイへの書簡、一八七六年十一月二十六日付け）

ストラーホフは書く。

「戦争はロシア人の側からすれば防衛的なものであり、従ってそれは神聖にして民衆的な性格を帯びていた、フランス人の側からすればそれは攻撃的で有無を言わせぬなものであったのに。」（『N・ストラーホフ　ツルゲーネフとトルストイに関する批評論文集』（一八六二―一八八五年）、第一巻、キエフ、一九〇一年、二一三頁。）

これを現下のウクライナ戦争、プーチン戦争に置き換えれば、次のようになる。

「戦争はウクライナ人の側からすれば、防衛的なものであり、従ってそれは神聖にして民衆的な性格を帯びている、ロシア人の側からすればそれは攻撃的で有無を言わせぬものであるのに。」

十九世紀の後半に書かれたトルストイの名作小説も、ストラーホフの名評論もそれから一世紀半後に二人の祖国ロシアがウクライナに対して起こした戦争をこれだけ鮮明に性格づけするということは、作家と評論家がずば抜けた才能の持主であったことを証していよう。古今東西、戦争の本質が変わることはないとは言え。ここではロシアがかつてのフランスになり、プーチンがかつてのナポレオンになり、かつての善玉が悪玉に成り下がってしまった有様が手に取るようによく分かる。そしてウクライナのゼレンスキー大統領は定めしかつてのロシアの皇帝アレクサンドル一世というところであろう。

ストラーホフは「問題は、しかしながら、見たところ頗る単純で明白だったので、遂に、作者が自分にはナポレオンに次のように言う資格があると、遂に、考えたのは非常に明瞭である」と前置きして述べるが、そのナポレオン観は、言わばそのままトルストイのプーチン観になると言えよう。

「そして起こったことのあらゆる重大さをこの事件の他の全参加者よりも重く担っていたこの人間の知性と良心が曇っていたのは、ただこの時と日だけではなかった。いかなる時も、自分の命が終わるまで、彼は善も、美も、真理も理解することが出来なかった。また彼は善と真理に余りにも反していて、彼がその意義を理解することが出来るためには全人類から余りにも遠かったので、自身の行動のいかなる意義も理解することができなかった。彼は世界の半分によって賞賛される自分の行動を捨てることが出来なかった、だから真理と美と全人類を捨てねばならなかったのだ。」（同、二二三—二二四頁）

こうしたナポレオンを書いたトルストイが、その百五十年後にほかならぬ自分の祖国ロシアにナポレオンのような権力者が出現すると思ったかどうかは知る由もない。プーチンのロシアの前には崩壊するに至ったソ連（その中にロシア社会主義共和国）があり、ソ連もロシア社会主義共和国もロシア革命によって生まれた。トルストイは革命や社会主義の本質も見抜いていたので、現状のようなロシアを想像だにしなかった、とは必ずしも断言できない。だがヤースナヤ・ポリャーナの裏山に眠るトルストイが草葉の蔭で今や何を思うか、それは人知の限りではない。

さてトルストイは、そしてストラーホフはこうしてナポレオンという大立て者の化けの皮を完膚なきまで剥ぎ取ったが、トルストイにとってもストラーホフにとっても、そうした世界史の表面に出る人物だけがこの作品で関心の的であった訳ではない。むしろ正反対である。

ストラーホフは『戦争と平和』でナポレオンを「斬」った後、この作品はすぐれて「家族の記録」であるという説を打出す。そしてこの説を打ち立てる上でストラーホフが依拠したのはプーシキンの『大尉の娘』であった。この作品はプガチョーフの乱を取り上げた歴史小説と見られがちであるが、ストラーホフはそうでなく、これはグリニョフ家とミローノフ家の個人的生活の出来事に主な関心が払われた「家族の記録」であるとする。そしてプガチョーフやエカテリーナ女帝はチラチラ出て来るだけであると言う。そして『戦争と平和』はこの『大尉の娘』を踏襲していると言う。

「『戦争と平和』がやはりある種の家族の記録であることを確信するためには、少しそれを見つめる必要がる。これは正に二つの家族の―ロストフ家とボルコンスキー家の―記録である。これは二つの家族に於ける、そしてこの二つの家族の最も重要なあらゆる出来事に関する、そして彼らの同時代の歴史的事件がどのような影響を彼らの生活に及ぼしたか

に関する思い出と物語である」（同、二二二頁、傍点ルビは引用者）

『戦争と平和』が「家族の記録」であるとすれば、トルストイの三大長編小説の第一と第二は同じ問題意識で書かれたことになる。なぜなら第二作の『アンナ・カレーニナ』はズバリ「家族の記録」だからである。有名なその書き出しの一文は家庭の幸福と不幸をいみじくも喝破している。「おしなべて幸福な家庭は互いに似通っているが、不幸な家庭はそれぞれに不幸の態様を異にしている。」この書き出しは第二の長編『アンナ・カレーニナ』もまた「家族の記録」の物語であり、ある意味で『戦争と平和』の続編であることを暗示している。二作の間には約十年の歳月が流れている。（単行本は前者が一八六九年に、後者が一八七八年に刊行されている。）テーマの持続性は驚異的である。そしてこの第二作の後に作家のいわゆる（精神的）転機が訪れる。ということは、「家族の記録」の第一作と第二作を書き上げた後に、トルストイは人生の曲がり角に立った、と言うことになる。「家族の記録」はそれほどまでに作家にとって不即不離の関心事だったことを意味する。トルストイの創作の道には未だ詳説されていない、こうした事情もある。

だがそれはさて置き、前述のストラーホフの説に接すれば、誰しも自ずとこの作品にまつわる「題名考」にも思いを誘われよう。なぜならこの作品の題名は必ずしも無条件に『戦争と平和』になる訳ではないからである。

『戦争と平和』という邦訳の題名が夙《つと》に定着しているВойна и мирではあるが、この作品の邦訳題名は唯一無二の絶対的なものではない。なぜならмирというロシア語は二つの別な言葉であるとも言えるからである。そして「平和」ではない мир のもう一つの意味は「世界」である。詳解ロシア語辞典を繙《ひもと》けば、ウシャコフ（編）と略称されるそれには мир（1）は「世界」の意味であるが、мир（2）は「平和」の意味である。『現代ロシア標準語辞典』（全十七巻）では「（1）мир」が「世界」の意味で、「（2）мир」が「平和」の意味である。ところが詳解ロシア語辞典の古典的名著であるダーリのそれには、先ず「平和」の意味の миръ は独立した見出し語としては標示されず、「調和・和解させる」という意味の動詞 мирить の同族語の一つとして出されている。（ここで миръ の語尾 ъ は古い正書法で硬子音の言葉の語尾につけられるもので、ダーリは十九世紀の人であったため、それに則っている。）一方、「世界」の意味の見出し語はмиръではなく、мiръ の綴りで出されている。ここでトルストイのВойна и мир という題名の意味を考える上で重要なことは、この言葉の語釈に「あらゆる人々」、「全世界、人類」が含まれていることである。のみならず、トルストイは この作品の題名として Война и мiръ を使っていたことがあることが知られている。従って、それを邦訳すると『戦争と世界』になり、その場合「世界」

は「世界の人々、全世界、人類」を意味する訳である。（英語のworldにも同じ意味がある。）

ここで『戦争と平和』を振り返れば、この作品はやはり『戦争と世界（の人々）』を描いたものであるという思いに駆られる。夥《おびただ》しい数の登場人物は六百人ほども居るということが、時に言われる。法橋和彦は五五九人を数える文脈で、次のように書いている。「こうした有史の諸事件を舞台に、列国の政・官・財界の代表者、軍事や外交の立役者たち、名将クトゥーゾフやロシアのクロムウェルと呼ばれる改革派スペランスキーをはじめとする有名無名の歴史上の人物からプラトン・カラターエフに代表される架空の農奴農民に至るまで、その登場人物は名前で記されただけでも五五九人を数える。」（日本百科事典、小学館、一九八七年。）

こうした登場人物は歴史上の人物であれば傑物であり、架空の人物であれば典型（タイプ）であるので、氷山の一角に過ぎず、表舞台の群像であるに過ぎない、そしてその歴史的現在の水面下や舞台裏には六百人の何倍もの人々が居た筈である。『戦争と世界（の人々）』は「全世界」にも「人類」にも膨れ上がる。トルストイはやはり『戦争と平和』でなく、『戦争と世界』を意図してこの作品を書いたのではないか。それに、もし『戦争と平和』を書いたのだとしたら、この作品にどんな「平和」の場面があるか、という疑問が湧く筈である。それに対しては、戦闘や戦場の場面以外が「平和」の場面であるという素朴な答えもある。またそうした場面や、主として戦争を取り上げた歴史哲学の論文以外が「平和」の場面であるという見方もあり得る訳であるが。

従って『戦争と平和』として題名が定着している作品は、実は『戦争と世界』なのだとしたら、ナポレオン戦争で同名の総司令官は世界の人々、全世界、人類を敵に回したことになる。そして今やプーチン戦争、ウクライナ戦争で同名のロシアの大統領も世界の人々、全世界、人類を敵に回すことになった。現代はナポレオンの時代より遥かに国際関係が広範化し複雑化しているので、プーチン戦争に於いてはロシアに敵対する国々や世界は文字どおり世界（の人々）、全世界、人類になっている。なるほど世界はロシアを含む権威主義諸国とＮＡＴＯに結集する民主主義諸国に分断されて、ロシアに敵対する国々は世界の半分に過ぎないという一面があることを否定できない。とは言え両陣営の敵対する規模が全世界的、人類的なものになっていることも否定できない。ストラーホフの言う「世界（の人々）」、「全世界」、「人類」という概念が現下のプーチン戦争、ウクライナ戦争で時代遅れになっている訳ではない。プーチン戦争が世界秩序を崩壊の瀬戸際に追い込み、ウクライナ戦争が世界経済を窮地に陥らせ、世界を後退の危機に瀕せしめていることは否定できない。普遍的な芸術作品である『戦争と平和』は、十九世紀のナポレオン戦争を題材にして書かれたものではあるが、二十世紀を超え、二十一世紀の現下のプーチン戦争に関してもその生命力を失ってはいない。作家トルストイの洞察力は世紀を超え、国境を越えて現代世界に健在である。そこにこそ大芸術家トルストイの真面目はあろう。

ストラーホフ説に立ち、その題名を『戦争と平和』ではなく『戦争と世界』と読むならば、それはこのように豊かで生産的であり生産力に富む。今からもう半世紀ほども前、本書の著者はある国立学校の紀要論文にドストエフスキーを取り上げる中で、この作家の小説を小説ではなく「大説」と呼んで、物議を醸したことがある。ドストエフスキーと並称されることが多いトルストイの小説についても、同じことが言える。もし「大説」が文学用語として市民権を得るなら、『戦争と平和』は正に「大説」の名に値する文学作品であり、れっきとした大説である、但し、『戦争と世界』という題名に関しては、既に一世紀半も定着し流布している題名『戦争と平和』を採る説にも目を向けなければ、片手落ちにはなろう。その逆もまた真なりであるように。

「最終的に定まったタイトル『戦争と平和』をめぐっては、『平和』と訳されているロシア語『ミール』の解釈が問題とされる。現代ロシア語では、『ミール』には『平和』と『世界』『(世界に住まう)人々』という二つの系統の意味があるが、十九世紀にはこれらは別の綴りで区別されていた（ロシア革命後の文字改革でこの区別はなくなる）。一八六七年にトルストイが作成した出版社との契約案では、『ミール』の綴りは『世界』、『人々』の方になっており、『平和』で定着したのは誤りだと言うのだ。とは言え、刊行時のタイトルが『平和』の綴りになったことにトルストイは異議を唱えていないし、原稿を通じて見ると、二つの綴りを明確に使い分けてはいなかったとも言われる。」（『トルストイ』加賀乙彦＝編、編集協力＝乗松享平、作品解題＝乗松享平・覚張シルビア・中村唯史、集英社、二〇一六年。）

『ヴァイナー・イ・ミール』が書かれてから現在まで百五十年。ナポレオン戦争からプーチン戦争まで二百年。ざっとそんな歳月が流れている。そして一世紀半もの間、『ヴァイナー・イ・ミール』は『戦争と平和』の題名で通ってきた。だが今や、その通説が問われる時節になった。このことはロシア文学史にとって、そしてロシア史にとって「怪我の功名」に成るやも知れない。

「家族の記録」

ストラーホフの『「戦争と平和」論』に於けるもう一つの足場（または方法、手法）はこの作品を「家族の記録」と見なすことであるが、それはこの大長編を読者にとって身近で親しみ易いものにしてくれる。そしてあれこれの家族は『戦争と世界』に於いて「世界に住まう人々、全世界、人類」を構成する最小単位である。ボルコンスキー家やロストフ家をはじめとする諸々の家族は、なるほどその殆どは貴族、いや大貴族である。だがトルストイ自身が大貴族の当主であり、両家とも作者の伯爵トルストイ自身の家系をモデルにしたものであるので、この作品は文字通り「家族の記録」であるという特質を失っていない。すなわち、一編はナポレオン戦争という世紀の大戦争がもたらした厳粛な生と死を前にした家族の群像である。そして達観すれば、世界（世界に住まう人々、全世界、人類）は一つの家族である。従ってトルストイは自身に身近な幾つかの家族を世界の代表例として舞台に登場させ、「家族の記録」というコンセプトで世界を描いたことになる。（本書ではこれ以後、ストラーホフ説の『戦争と世界』を念頭に置きつつも、定着し流布した邦訳の題名『戦争と平和』でこの作品を呼ぶことにする。）

トルストイ生誕百周年記念の一九二八年に出版した本にロガチェフスキーは書く。「こうした芸術的肖像と家族の原型—描かれた元の人物像の結びつきは極めて大きくて疑いを容れない。一連の人物像とヤースナヤポリャーナの住民や友人たちを取巻く生きた人々との繋がりは疑問の余地がない。」（V・ロガチェフスキー『地主屋敷から百姓小屋へ』、モスクワ、「連盟」出版所、一九二八年、一二五頁。）

一族郎党だけでなく、近隣の農奴農民も含めて、ヤースナヤポリャーナはトルストイ家の広義の「家族」であった。従ってこの地主屋敷は『戦争と平和』のこれまた広義の「舞台」になっていると考えられる。今やこの本の出版からも程なく百五十年が経とうとしている。そして歴史は巡り、事もあろうにトルストイやロガチェフスキーの祖国ロシアが隣邦ウクライナに軍事侵攻し、ウクライナ侵略戦争を起こし、プーチン戦争が世界を一変させるほどに疲弊させている。今また「戦争と平和」、そして「戦争と世界」が世界最大の問題になっている。その世界的疲弊の元凶に成り下がった現代ロシアに祖国の叡智は何と問い掛け、どんな糾弾を向けるのか。トルストイ本人だけでなく、ストラーホフやロガチェフスキー等の明智に問わなければならない。そして今世紀を越えてでも、いつの日かロシアは新たな『戦争と平和』ないし『戦争と世界』の作家を生まなければならない。事程左様に世界に対するプーチン戦争の罪障は深く大きく、ロシアの信用失墜は堕地獄の域にさえある。今や世界はロシアと共倒れになる甚大な危険にさえ瀕している。核戦争の危機に晒《さら》される現代に於いて、プーチン戦争の孕《はら》む世界滅亡の蓋然性はナポレオン戦争の比ではない。

「家族の記録」に立ち返れば、それも必ずしも字義通りではなく、文字通りでもない。ここでは「家族」も「記録」も字義通りでなく、文字通りでもない。人物像の原型・原形には既に夥しい数の証言や指摘が蓄積されているにも拘らず、トルストイ自身は登場人物の原型・原形の存在に関しては概して否定的であり、雑誌『ロシアの古文書』（一八六八年）に次のように述べている。

「登場人物は完全に架空の存在であり、……私にとってさえ伝説や現実の中に特定の原型・原形を持つものではない」（ロガチェフスキー、同。）

トルストイの妻ソフィア・アンドレーヴナは一八六二年に次のように書いている。

「L・N・（レフ・ニコラーヴィチ＝トルストイ）が、アンドレイ・ボルコンスキーとは誰なのかと訊かれた時、彼は答えた。『誰でもない、口伝えや回想録の作者ではなく、小説家が書くあらゆる人物のように。自分の作品を発表することを私は恥ずかしく思うことだろう—と彼は言った—、もし私の全作品が誰かをモデルにしてその特徴を描くためだったなら』。」（ロガチェフスキー、同、一二五—一二六頁）

またトルストイの次男セルゲイ・トルストイは次のように書いている。

「ロストフは誰それで、リョーヴィンは誰それであるというのは本当ですかと訊かれた時、父は決して確答せず、そうした質問は彼には不快で、おそらく、腹立たしくさえあるように感じられた。彼が言ったのは、典型というものは作家によって幾人もの人物から創造されるものである、それ故に典型は特定の人物の人物像では決してないし、あるべきではない、ということであった。」（ロガチェフスキー、同、一二六頁。）

これらの証言によれば、確かにトルストイは小説の主人公たちと作者自身との間に実際的な関係や繋がりがあるものではない、という考えを強く持っていたように思われる。だがそれはどちらかというとトルストイの主観的な思い込みに近く、客観的にはむしろその反対であることが、自身の諸作品や自身に関する諸々の作家論、作品論、回想録などから判明する。

「だがそれにも拘わらず、この長編叙事詩のあらゆる主人公たちを、口伝えとか現実の中の特定の原型を自身にとって持たない、『完全に虚構の人物たち』であると呼ぶ根拠を、レフ・ニコラエヴィチは持たなかった。」（ロガチェフスキー、同、一二六頁。）

すなわち、一般的にトルストイの作品に於いても、現下の文脈に於ける『戦争と平和』に於いても、作家と作品はまったく別ものではない、ということである。登場人物が多く公爵家、伯爵家などの人々であることは、伯爵家の人である作家自身が、伯爵トルストイという自身の境遇に引き寄せて作品世界を構成していることから来る必要性である。後年、いわゆる精神的転機後のトルストイが自らこの『戦争と平和』も、次の大作『アンナ・カレーニナ』も否定し去る理由もこうした事情の為せるわざである。『戦争と平和』という作品世界が作者自身の境遇に近いように、その主人公たちも作家自身に近く、時に作者トルストイの分身を思わせるのも理《ことわり》と言える。

従って、『戦争と平和』に限らず、トルストイの作品としての「家族の記録」は文字通りの記録文学ではなく、「家族」にしても字義通りの家族ではない。いずれも括弧つきの「家族」と「記録」であり、芸術的ジャンル、文学的様式としてのそれである、ということになる。

それ故、『戦争と平和』の原型・原形に関わる作者の否定的な言明は多少は、あるいは多分に割引いて受け取らねばならない。なぜならその代表的な主人公の一人はアンドレイ・ボルコンスキー（公爵）であるが、作者の母方の家系はヴォルコンスキー（公爵）家であり、二つの姓の違いは頭文字の「ボ」と「ヴォ」だけだからである。ロシア語ではБとВ という頭文字の違いがあるだけに過ぎない。そしてボルコンスキー公爵（アンドレイ）は架空の主人公であるだけに留まるが、母方のヴォルコンスキー公爵家は今もヤースナヤポリャーナの二大博物館（作家の先祖伝来の家）の片方として「ヴォルコンスキーの家」としてあり、他方の「トルストイの家」（同じく博物館）と共に一対の記念建造物になっている。こうした関係を知れば、『戦争と平和』の主人公アンドレイ・ボルコンスキー公爵が「完全な架空の存在」であるとする作家の言明も字義通りには受け取れない訳である。なるほど、そこには虚構と現実との間の二律背反（アンチノミー）的な、一筋縄では行かぬ関係があるのだが。

トルストイはすぐれて原型・原形によって人物像を構築したという見解に立つロガチェフスキーは「そのためにはボルコンスキー家、ロストフ家、ナターシャ、ヴェーラ、ボリス、アナトリー、そして他の人物像の創造者がどのようにして自分の資料を収集したかを想像すれば十分である」とした上で、次のように続ける。「作家の愛する妹マリアの娘ワルワーラの回想録、『戦争と平和』の中のナターシャ・ロストワの原型、作家の妻ソフィアの妹タチヤーナ・クズミンスカヤ（ベルス）の貴重な回想録である『家とヤースナヤ・ポリャーナでの私の生活』、それにまた昔から伝わる祖先の肖像画そのもの——これらは作者の証言を覆すものである。もちろんのこと、彼の小説の中の多くのものは実際のものから採られていて、多くのものは家族の肖像に見られる特徴や祖先に関する家族の口伝えを不滅なものにしている。自分がする観察をレフ・ニコラエヴィチは綿密に書き留め、収集している。彼の観察の領域は彼にとって親類の絆がある貴族の社会環境である。」（ロガチェフスキー、同。）

この指摘は「原型・原形主義」とも言えるトルストイの創作の主要な方法・手法を幾つもの出典・文献などを挙げて示した点で重要なものである。のみならず、同じ論拠の延長線上に、「貴族の社会環境」がトルストイ文学の領域であることを指摘していることも注目される。なぜなら、それこそは転機の後の晩年に『戦争と平和』と『アンナ・カレーニナ』を自ら否定する根拠だからである。マルクス（・レーニン）主義は階級闘争を主義主張の方法・手段としたが、トルストイはそれとは正反対の思想から階級社会を否定し、それを是認しなかった。ヤースナヤポリャーナからの出奔とアスターポヴォ駅での客死は地主貴族作家の「人生の道」（遺稿、原久一郎訳、岩波文庫）の末路であった。

尚、トルストイの自己否定とも見られる、転機以前の自作の否定については左記の拙訳書で二章が割かれている。

ボリス・スーシコフ著、糸川紘一訳『トルストイの実像』、群像社、二〇一五年

第九章　なぜ作者は『戦争と平和』を「饒舌なたわごと」と呼んだのか

第十章　なぜ作者は『アンナ・カレーニナ』を「忌わしいもの」と呼んだのか

尚また、この本では「レーニンの鏡に映ったトルストイ」に一章を費やしている（第三章）。これはレーニンの有名な論文「ロシア革命の鏡としてのレフ・トルストイ」を念頭に置いて書かれたものであり、その冒頭に次のように読む。

「レーニンはトルストイについての自分の論文に於いて、悪への暴力による無抵抗と精神的自己完成の思想、人間の中の神的原理としての良心の信仰は新しい世界の建設者には必要でなく、社会的な階級闘争の革命的倫理がそれらに代わるものだと書いた。それだけが

人間とその生活を作り変えて生活に魅力的な理想を与えることが出来るのだと。

だが今、自国と世界の歴史的経験を解釈し直すことによって、私たちは別様に考える。

まさにこうしたトルストイの思想に私たちは立ち返らざるを得なくなったのだが、そうさせたのは生活そのもの、社会主義建設という私たちの経験、世界史、世界発展の歩みであった。」（前掲書、六五―六六頁。）


「トルストイとコーカサス」をテーマにした拙論（後述、第六章「再録旧稿」）もレーニンのこのトルストイ論を念頭に置いたものであり、ロシアと少数民族の問題を文学的に考察したものである。折柄プーチン政権下で「チェチェン掃討作戦」が熾烈を極め、チェチェン共和国はほぼ灰燼に帰した。その首都グローズヌイはトルストイが「文学事始め」をした記念すべき首都であり、その近郊の大村落スタログラトコフスカヤこそはトルストイにとっても後世にとっても「懐かしのコーカサス」であり、トルストイの数ある「文学のふるさと」の中でも大事な土地である。プーチンはトルストイもロシアも正しく理解しなかったからこそ、チェチェン民族の父祖伝来の地を空爆して殲滅し、「更地」にしてしまうという冷酷この上ない蛮行を敢えてした。祖国の文学に、文化に多少とも理解がある大統領なら、そんな惨《むご》い仕打ちをすることはあるまい。プーシキンもレールモントフもコーカサスで自らの文才を開花させた。それを思えばコーカサスはロシア文学の「揺籃の地」

である。そうした言わばロシア文学の聖地コーカサスをなきものにするようなやり方は今次のプーチン戦争、ウクライナ侵略戦争と本質的に何ら変わらない。「トルストイ文学のふるさと」（そしてロシア文学のふるさと）コーカサスのチェチェン共和国を掃討し更地にまでしたプーチンが、ロシアの隣邦かつ古来の姉妹国ウクライナに侵攻し、同胞の国とも言える国土を侵略し、国民を殺戮する。二つの戦争の構図は変わらない。そしてプーチンのチェチェン掃討作戦に大方のロシア国民が喝采し、快哉したことは記憶に新しい。チェチェン共和国の現地に幾度も足を運んで取材し、ジャーナリストとしてチェチェン問題に真摯に取り組んだ『ノーヴァヤ・ガゼータ』紙のアンナ・ポリトコフスカヤ記者は、例によって暗殺され、悲惨な最後を遂げた。筆者はモスクワで彼女と接触し、追ってその著書 Putin's Russia『プーチンのロシア』（ロンドン、二〇〇四年、英文）を寄贈された。彼女がチェチェン問題を取り上げた著書で邦訳された本には『チェチェン　やめられない戦争』（三浦みどり訳、日本放送協会出版、二〇〇四年）もある。

「コーカサスからクリミアへ」、「チェチェンからセヴァストーポリへ」――それは若き日のトルストイの「軍歴」に沿った道筋であり、かつ同時に「文歴」を形づくる道筋でもあった。そして奇しくもプーチンの「政歴」もコーカサス（のチェチェン）掃討からウクライナ（先ずクリミア半島、それからウクライナ本土）の侵略という道筋を辿っている。これは両者の腐れ縁と言えるかも知れない。
本章の著者は「コーカサス紛争の鏡としてのレフ・トルストイ」と題した研究をコーカサスのピャチゴルスクで二〇〇六年に開催されたトルストイ学会で発表し、翌る二〇〇七年号のヤースナヤポリャーナ・トルストイ博物館の機関誌『トルストイと世界文学』に寄稿している。開催地がトルストイゆかりのグローズヌイや大村落スタログラトコフスカヤでなくピャチゴルスクになったのは、チェチェン戦争の煽《あお》りで危険が危惧されたからであった。トルストイには今世紀当初のチェチェン戦争の時代も、現下のウクライナ戦争下でも、戦争が付いて回る感を深めざるを得ない。

『戦争と平和』は「平和」から「戦争」へと叙述を進めている。「平和」の極致は開巻一番の大舞踏会であり、「戦争」のそれはボロジノの会戦である。とは言え、「平和」の中にも「戦争」の影が差し、「戦争」の中にも「平和」の息吹がある。すなわち、「戦争」と「平和」は二枚の楔をくっつけたような関係にある。物語の早い段階にアウステルリッツの会戦があり、遅い段階にピエールの彷徨があるのはその一対の実例になろう。

拾遺　戦争とは何か　（『戦争と平和』より）

「ロストフは皇帝の目に溢れる涙を見、彼が立去る時、チャルトリーシュキンに向かって、フランス語でこう言うのを聞いた。『戦争は実に恐ろしいものだな、実に恐ろしいものだ！』」

第三編，一〇。

皇帝アレクサンドル一世の言葉。戦場を実見した皇帝の所感は傾聴に値する。

「行け、行け、ロシアの優れた人とロシアの名誉とをむざむざ殺すために引っ張り出したあの戦争でやられたのだ。いいから行け、マリア。行って、リーザに知らせてやれ。わしも後から行く。」

第四編、七。

息子アンドレイの「死」を覚悟した老公爵ボルコンスキー（アンドレイの父親）の言葉。作者トルストイのナポレオン戦争（祖国戦争）観の一端が覗われる。

「『本当にこの人たちは、どうしてああして大声に笑うことが出来るんだろう。第一、どうしてこんな所に暮らしていられるんだろう』とロストフは考えた。兵卒病院で染み込んだ屍体の臭いが絶えず鼻につき、両側から自分を見送ったあの羨まし気な目つきや、あの目を向き出して死んでいる若い兵隊の顔が、今でもまだ周りに見えるのであった。」

第五編、一七。

ロストフの直属の上官ジェニーソフが糧秣課の暴行事件に関して、師団司令部へ出頭を命じられたが、それを回避しようとして折柄の敵状視察に加わり、前線の先頭に立って進み、フランスの狙撃兵の発した一弾を浴び、大腿部に負傷した。彼はその機会を利用して、師団司令部への出頭を拒み、病院へずらかってしまった。これはそのジェニーソフを見舞った際の、野戦病院の凄まじい情景から受けたロストフの感懐。

「この目的に到達するためには、徳行をもって悪行を征服し、廉潔なる人士が、この世に於いて、徳行に対する永遠の報いを受けるように図るべきです。しかし、この偉大なる我々を妨げるものは、今日の外面的政治組織であります。革命を助長してすべてのものを転覆し、力をもってすべてのものを駆逐するべきでしょうか……否、我々はそういう企てからは頗る縁遠いものであります。すべての強圧的改革は非難されるべきであります、なぜなれば、人間が現在のままであったら、悪を匡正することは決して出来ないからであります。叡智は暴力を必要としません。」

第六編、七、傍点ルビは引用者。

これはマソン（フリーメーソン、共済組合）でのピエールの演説のひと件である。ここには総じて「強圧的改革」に対するトルストイの否定的な態度表明が為されている。それは具体的に「暴力」や「革命」に対する否定的な態度として表明されている。「革命」の本質についてトルストイは後年『神の王国は汝らの内にあり』に次のように書いている。「我らは革命的な教えを説いているのではない。革命的な教えの精神は、復讐、暴力、殺戮の精神である。それは神を恐れず、人格を尊重しない。」（一八九〇―九三年、底本トルストイ九十巻全集、第二十八巻、モスクワ、一九五七年、傍点ルビは引用者。）

青年時代、滞欧中にパリでギロチンによる断頭台の処刑（斬首刑）を目撃したトルストイは「革命」の非人道的な側面に盲目ではない。それはコーカサス戦争とクリミア戦争の体験で知った戦争の真実に青年作家トルストイが盲目でなかったことに通じる。「革命」と戦争に共通している原理的なものは「暴力」であり、殺人である。ここではその原理的なものが戦争に対しても、いや、『戦争と平和』という作品の中では、戦争に対してこそ表明されていると考えられる。ナポレオン戦争は一七八九年（七月十四日）から一七九九年（十一月九日）まで十年間続いたフランス革命の推移から権力を握ったナポレオンが引き起こした欧州大戦であることを思えば、ピエールの演説に言う「革命」と戦争は「暴力」という一事によって不可分に結びついている。フランス革命とナポレオン戦争はその意味では本質的に同質の歴史的事象であると考えることが出来る。トルストイの思想がマソンのそれと同じものであるとは考えられないが、少なくとも代表的主人公の一人であるピエールの思想として、トルストイがマソンの思想に部分的にではあれ多少は、共鳴していると考えられよう。ピエールの演説で「暴力」としての「革命」を否定するトルストイが、同じ「暴力」の発現である戦争をも否定する、いや戦争をこそ否定することは理の当然である。非暴力主義は革命を否定するように、戦争を否定する。すなわち、そこにトルストイの非戦論があり、非戦論者トルストイがある。

ロシア史という歴史を引き合いに出してウクライナに侵攻し、今やれっきとしたウクライナ侵略戦争で全世界を疲弊させているプーチン戦争の張本人は、歴史を云々するからには、祖国ロシアの大文豪トルストイの「歴史小説」でもある『戦争と平和』に学ばずしては、片手落ちも甚だしい上に、ご都合主義にも程がある。

第三章　露土戦争

ガルシン

一八七七―七八年の露土戦争に際してトルストイは『懺悔』でロシア正教会の暗部を摘発したが、その同じ戦争に志願兵として出征したロシアの作家にガルシンが居る。ガルシン・フセヴォロド・ミハイロヴィチ。その生年は一八五五年なので、トルストイの一世代あとに当たる。没年は一八七八年、すなわちその戦争の終戦の年であり、享年三十三歳であった。この没年は、この作家にとってこの戦争が如何に大きな意味を持ったかを示してもいよう。そして父親のミハイル・エゴーロヴィチはクリミア戦争に参加しているので、同じくその戦争で将校だったトルストイとは文字通り「同期の桜」であったことが分かる。また母親エカテリーナ・ステパーノヴナも海軍将校の家庭の出だったので、作家ガルシンが志願兵となったことには家庭的な背景があったとも考えられる。

中学校（ギムナジウム）時代、ガルシンは自然科学（とりわけ植物学）に熱中し、それに対する関心は生涯持ち続ける。だが学制の障害で、実科学校の生徒は大学入学の許可が与えられなかったので、彼は鉱山学校の学生になったが（一八七四年）、技師の職業には特別な才能を現わさなかった。その傍ら（一八七六年）、彼は風刺的な探訪記『ある郡会の実話』を『風聞』誌に発表してジャーナリズムにデビューする。

セルビアが蜂起した最初の日からガルシンは志願兵の運動に加わる精力的な活動をしてバルカンに赴く。ロシアがトルコに宣戦布告をした日（一八七七年四月十二日）にガルシンは学校に退学願を出してキシニョフに行き、五月六日に第一三八ボルホフ歩兵部隊の一員として進軍する。そして程なく、八月十一日、アセルラル付近（ブルガリア）の戦闘で負傷する。『ガルシン追悼』文集の戦況報告には「個人的な勇気の模範を示して仲間を攻撃に引っ張り込んで前進させたその時に足を負傷する」と書かれている。

『四日間』はこの体験を踏まえて書かれたガルシンの傑作である。この小説は作者自身の戦争体験が戦闘場面に写されている点で、トルストイの「セヴァストーポリ物語」と軌を一にしている。二つの戦争の間には丁度一世代の歳月が流れていた。十九、二十世紀のロシア史を通観すると、およそ一世代に一回、大きな戦争があったことが分かる。第二次世界大戦後は半世紀以上、アフガン戦争を除けば、ロシアが関わる大きな戦争がないと思っていた矢先、ウクライナ戦争（プーチン戦争）が勃発した。どっこい、油断も楽観も禁物であることを世界は思い知らされた訳である。

ガルシンの短編小説に於いて中心的な主人公の人物像は多く不変・不動で安定している。すなわち、大抵それは若いインテリであり、良心がショックを受けて、民衆に対する義務という考えにとらわれた人間である。戦争物のイデアによる連作短編小説の主人公は、この他に、作者の独特なアルテル・エゴ（別の自己）であり、作者と運命が似ている。

三十三歳で殆ど夭折するように生を終えたガルシンの著作集が大部なものでないように、その伝記もコンパクトである。「偉人伝」シリーズの一冊としてポルドウドミンスキーが著した『ガルシン』の序文（それも一頁足らず）はこの作家の魂を鷲掴みにしている。「ガルシンは多くを生きなかった。ガルシンは多くを書き遂《おお》せなかった。彼の著作集は一冊の小さな本である。だがその本は『幾冊もの本より重い』」

そしてその巻末の目次は事実上、八節（八行）である上に、第一節の「始まり」の次にはもう「戦争」が来ている。あの露土戦争がガルシンの「文学事始め」になったことがこの目次によって一目で分かる。ある意味では、ガルシンは戦争の申し子であったと言えよう。そしてもしトルストイを『戦争と平和』の作家と呼ぶこととするなら、ガルシンにも同じ呼び名がふさわしかろう。とは言え、ガルシンはある手紙に「『アンナ・カレーニナ』は他の全作品のような素敵な作品です」と書いている。この伝記作家はまた『憂鬱な兵士』（一九八六年）というもう一冊のガルシン伝を書いている。兵士が、戦争がガルシンの脳裡を離れたことはなかったとも言えよう。

『トルストイ百科事典』（モスクワ、二〇〇九年）の姉妹編としてその翌年に出版された『トルストイとその同時代人。百科事典』のガルシンの項目には冒頭に「作家、一八七七―七八年の露土戦争の参加者」と書かれている。やはりガルシンには戦争がついて回るのである。

ガルシンのテーマは戦争に限ったものではなく、一般化すればそれは悪、世界悪であり、作者同様、その作品の主人公たちは世界の不自然な悪、世界悪と敢然と闘うのであるが、それは総じて義務の観念、義務感からである。だがそれは個人の闘いであるだけに、作者と同様に正直だが孤独な主人公は無力感にとらわれ、それがガルシン文学に特徴的なモチーフになる。今次のウクライナ戦争でもガルシンの心境に共鳴するものの、プーチンの容赦ない弾圧の前に反戦思想を表明したり反戦運動に加われないロシアの若者は少なからず居よう。そしてプーチンの支持派はいざ知らず、まともなロシア人も居ない筈はない今のロシアには無力感も漂っていよう。ガルシンやチェーホフの時代であった一八八〇年代はロシアのいわゆる沈滞期であったが、ロシアは今また沈滞期に入ったとも言えよう。それは自業自得であり、「罪と罰」というものでもあろう。ソ連崩壊後のロシア（エリツィン時代）は現代ロシアの言わば動乱期（スムータ）であったが、市場経済ロシアの今（プーチン時代）はこれまた言わば二十一世紀の沈滞期（ベズヴレメニエ）になる訳である。

一八八〇年、ガルシン（二十五歳）はヤースナヤ・ポリャーナにトルストイを訪ねる。その年、トルストイはいわゆる転機の「その前夜」にあり、ガルシンは狂疾が重症化する「その前夜」にあった。トルストイの次男イリヤーの回想録によれば、トルストイにはガルシンの「……明るい、青い目が気に入った」。会話の時にガルシンは自分の短編小説『四日間』のことを話すと、トルストイはすぐそれに「素晴らしい短編だ」と反応した。「夜通し続いた」話し合いの中でトルストイは若い作家と自分の思想が同じであると感じた。時と共にこの話し合いの詳細は忘れ去られてしまったが、成就した相互理解は固く記憶に留められた。トルストイは後に「この人は私の水車に流れ込む水だ」と語っている。二人の作家を親密にしたのは世に行われている悪に対する個人的な責任感、自己犠牲の欲求、寛容の精神、人間同士が共に生きるという宿願に基づく民衆との合一、兄弟愛に基づく共同生活の希求であった。二人とも流血を憎んで戦争に参加した——同胞のロシア人を助けるためにトルストイはクリミア戦争の包囲されたセヴァストーポリに、ガルシンは露土戦争に行った。とりわけ、二人とも志願兵として戦争に行ったことを銘記せねばならない。ここで傍点ルビを付した「世に行われている悪に対する個人的な責任感」という言葉には、誰しも現下のウクライナ戦争、プーチン戦争に思いを致すよう促されずにはいまい。今やこれ以上の巨悪はない。

前述の『トルストイとその同時代人。百科事典』でガルシンについて執筆したV・スタリコワはトルストイが及ぼしたガルシンへの感化を指摘している。「トルストイの作品はガルシンにとって『真正の書物』であり、彼の作品は極めて独自かつ創造的なものではあるが、そこにはトルストイの感化が明らかに現れている。（……）ガルシンは芸術家トルストイのリアリスティックで神業のような芸術に驚嘆し、魅了されたのである。」

『四日間』（一八七七年）

先に触れたポルウドミンスキーの伝記『ガルシン』に付された序文の冒頭を例証し裏書きするように、ガルシンの文字通りに短いこの短編小説はトルストイの大長編小説『戦争と平和』の、いわゆる「アウステルリッツの高い空」の場面を想起させる。

「あれはどこへ行った？　今まで気がつかないでいて、今日初めて見つけたあの高い空はいったいどこへいった？」（……）「変わりのない高い空が開け」（……）「彼は目の前に遥かな、高い空を見た」（……）「白雲を浮かべた高い無限の空」（……）「ただかの空だけが平安を約束する」（第三編十九、傍点ルビは引用者。）

こうして第三編はその幕を閉じる。トルストイはこうした空の高みからアンドレイ・ボルコンスキー公爵の精神的覚醒を描写している訳である。

一方ガルシンも、太っちょででっかいトルコ兵に撃たれて負傷し、一時記憶を失った「私」を主人公にした一人称の記述で描いている。

「私はなんにも聞こえず、ただ何か青いものを見ただけだった。おそらく、それは空だったのだ。だがやがてその空も消えた。」

「私の上方にはどす黒い青色の、ひと広がりの空があり、そこには大きな星が一つと小さな星が幾つか見え、その周りには何やら黒くて高いものがある。それは茂みだ。私はその茂みの中に居た—それで見つからなかったのだ」（『四日間』）

（地の文も引用文も傍点ルビは本書の著者による）

トルストイ同様、共に志願兵のガルシンと『四日間』の主人公「私」は残酷で無情な戦争の真実を知り抜いている。だがこれまたトルストイ同様、ガルシンも主人公の「私」も志願兵として出征しないでは居られなかった上に、自分がそうしたことを後悔はせず、そうしないことを肯《がえん》じない。そして、これはトルストイとは違うところであるが、ガルシンと主人公は周囲の人間がそうしないことを非難するような心境を覗かせる。ガルシンは自分が負傷して戦線から脱落した後のことを書いた『臆病者』（一八七九年）に次のように書いている。

「戦争は断じて私に安らぎを与えない。私はそれが長引いていることを知る、そしていつになったら終わるのかは予見することが出来ない。（……）ところが毎日のように何百という人間が失われている。私の神経がそう作られているのだろうか、死者や負傷者の数を記した戦争の電報だけでも、私には周囲の人たちによりも遥かに強い影響を及ぼす。（……）なぜ戦場に横たわる、弾丸が貫通した死体の様子に、人殺しに強奪された家の様子ほどに我々は仰天しないのだろうか。」

ここには周囲の人たちが見せる戦争への、戦場への、兵士たちへの想像力の欠如や不足を訝《いぶか》るガルシンの心情が読み取れよう。ポルウドミンスキーの伝記『ガルシン』には、戦闘で負傷し故郷に帰還し療養を事としていた日々、ガルシンは戦場への復帰の望みを口にしていたという。ガルシンはどこまで感受性が鋭い人であったのか、底知れない。それは持病の狂疾とも、やがての投身自殺による早世とも根を同じにしていたのかどうか、その謎は深い。

文芸評論家・哲学者・ジャーナリストであったN・ストラーホフはトルストイやドストエフスキーとも親交のあった同時代人であるが、その著作に『「戦争と平和」論』もあった。その中でストラーホフは、トルストイは上流社会の虚偽の生活に二つのものを対置した、とする。その一つは家庭生活であり、もう一つは真の戦争生活、すなわち軍・軍人・軍隊の生活である。トルストイが「真の戦争生活」を書いたということは、戦争の真実、実相を書いたということである。ストラーホフの観点からすれば、『四日間』は『戦争と平和』とそのまま比較することは出来ないが、「真の戦争生活」を書いた作品であるということは出来る。それには『戦争と平和』の「アウステルリッツの高い空」の場面に通じるものがある。『四日間』の「私」と『戦争と平和』のアンドレイ・ボルコンスキー公爵の戦場での心理には似通ったものがある。違いはと言えば、トルストイが大長編の構想で取り上げた幾多のテーマの一つである「真の戦争生活」というテーマを一世代後の作家ガルシンは同じく一世代後の戦争を題材にして、短編の構想で書いたことにある。こう考えると、ガルシンの短編はトルストイの大長編の少なくとも「一隅を照ら」したのだとは言える。やがて夭折する運命の作家にそれ以上のことを期待するのは無理というものであろう。ガルシンは一冊の短編集を遺しただけでもロシア文学史にその名を残す確かな文業を成し遂げたのだと言える。

一八八八年の夏、コーカサスへの療養に旅立つ日、ガルシンはどんな風の吹き回しか、突然アパート四階の吹抜けから身を躍らせて自殺を図り、三十三歳の一生を終える。「作家は処女作に向かって成長する」とはよく言われることであるが、ガルシンのそれである『四日間』にはその予兆と思われるようなひとくだりがある。負傷して身動きも殆どできない身体でありながら、主人公の「私」は渾身の力を振り絞って、今は「お隣さん」である敵のトルコ兵の死体までにじり寄り、水筒を奪って水があるのを知り、数日延命できると思う。「私」は第二夜が近づく頃、ふと自決の思いに駆られる。

「私は思う存分水を飲んで渇きを癒した。水はぬるかったが、いたんではいず、たっぷりあった。私は更に幾日か生きているだろう。思い出されるのだが、『普通の生活の生理学』には、水がありさえすれば食べ物なしで人間は一週間以上生き通すことが出来ると言われている。そうだ、その本には更に、飢え死にで自分を殺した自殺者の話が語られている。彼はかなり長い間生きていたが、それは水を飲んでいたからなのだ。

なに、それが一体なんだと言うのだ。もし私が更に五十六日生き通したからと言って、それが何になるんだろう。友軍は去り、ブルガリア兵たちは四散してしまった。それに近くに道がない。どっちみち―死ぬのだ。ただ、三日間の断末魔の代わりに私は自分に一週間それをさせていた、というだけの事だ。生を終えた方がいいのではないか。私のお隣さんの近くには銃が、立派な英国製の銃が横たわっている。ただ手を延ばしさえすればいいのだ。その後は一瞬で、終わりだ。薬莢は同じところに、山のように散らばっている。お隣さんはそれを全部撃ちきる暇がなかったのだ。そんなら、終わりにするか。それとも―待つか。待つって、何を。解放か。死か。トルコ兵がやって来て、傷んだ私の足の皮を剥ぐのを待つか。それとも、いっそのこと自分で……」（V・ガルシン　短編小説集、モスクワ、「ソビエト・ロシア」出版所、一九七六年、六〇頁、傍点ルビは引用者。）

前掲したガルシン伝の著者ポルドウミンスキーは、擱筆《かくひつ》に当たり不幸にも尋常な死を遂げることのなかった祖国の作家の一覧表をゲルツェンから引用して先ず掲げる。

「ルイレーエフ、プーシキン、グリボエードフ、レールモントフ、ヴェネヴィチノフ、コリツォーフ、ベリンスキー、ポレジャーエフ、シェフチェンコ、チェルヌイシェフスキー、ピーサレフ、グレープ・ウスペンスキー」

ゲルツェン（一八一二―一八七〇年）のこの一覧表に群を抜く大物トルストイが入っていないのは両者の生没年代の関係から当然であるが、ガルシン伝（一九六二年）の著者は、当然のこと、この抜群の大物をその中に含めなければならなかった。八十二歳にして先祖代々の住み慣れたヤースナヤ・ポリャーナの地主屋敷から出奔し、僻遠のアスターポヴォ駅に客死したトルストイこそは「不幸にも尋常な死を遂げることのなかった」ロシアの文人の一覧表に大書されねばならぬ不世出の大物作家である。

だがそれはさて置きガルシン伝の著者は、言う迄もなくガルシンはこの群像の中に居るとする訳である。そして続ける。

「滅びたロシアの作家の一覧表は殺された作家の一覧表なのではない。それは闘士たちの一覧表なのである。」

こうしてこの伝記作家は闘士ガルシンを顕彰したのであった。

だが二十一世紀ロシアのウクライナ戦争を、プーチン戦争を断じて諒とする筈がないロシア文学の第一人者は、何と言ってもレフ・トルストイその人である。

ドストエフスキーとトルストイ

『作家の日記』と『アンナ・カレーニナ』

東方問題

一八七七―七八年の露土戦争はドストエフスキーの主戦論とトルストイの非戦論が浮き彫りになった「東方問題」の一環であった。東方問題と聞けば、ロシアと東方諸国、あるいはロシアと東方周辺地域の一般的な問題という、言わば普通名詞の響きがあるが、実はそれは固有名詞であり、特定の紛争あるいは戦争などの呼称である。ソ連版百科事典ではそれを次のように解説している。

「東方問題―外交と歴史の文献で承認された、十八世紀初頭から二十世紀の国際的対立の表記。その対立は顕在化してきたオスマン・トルコの崩壊と、また帝国内の居住民族の解放運動と、そしてまた帝国の属領の境界をめぐる欧州列強の闘争と結びついている。（若干の研究者は、東方問題の概念に中東とコーカサスに於ける政治問題も広範な総体として含めている。）十九世紀から二十世紀初頭にトルコがヨーロッパとアジアでその属領を失い、そして十月大社会主義革命の結果として形成されたソビエト共和国がオスマン帝国の残土に興った独立トルコ国家を支援したことにより、東方問題は国際政治の場裏から取り除かれた」（『ソビエト百科事典』、モスクワ、同名の出版所、一九八四年。）

露土戦争（ロシア・トルコ戦争）は十六世紀後半から十九世紀にかけて、帝政ロシアとオスマン・トルコ帝国の間で黒海およびその沿岸地方の支配権をめぐって戦われた十一回の戦争のことである。その内、最も普通には最後の第十一回目のもの（一八七七—七八年）を指す。「ドストエフスキーとトルストイ」という本節の題名もこの最終回のものを契機にして浮上したテーマである。尚、既述のクリミア戦争（一八五三—五六年）は第十回の露土戦争であり、一八五三年にエルサレムの聖地管理権をめぐって両国は対立し、帝政ロシアとオスマン・トルコおよびトルコを支援するフランス、イギリス、サルデニヤとの戦争になり、五六年のパリ条約では敗戦国ロシアに不利な条件が押しつけられた。トルストイが参加したクリミア戦争から最後の露土戦争までには二十年余りが経過していて、前者を取上げた三部作「セヴァストーポリ物語」での青年作家トルストイの戦争観と後者を『アンナ・カレーニナ』第八編の題材に取り入れた熟練作家トルストイの戦争観は、見方によって微妙に、あるいは著しく異なる。

最後の露土戦争の構図はずばり東方問題そのものであり、その発端と推移は前回のクリミア戦争のそれと大差ないものであった。一八七五年から七六年にかけてボスニア、ヘルツェゴヴィナ、ブルガリア、セルビア、モンテネグロのスラブ系諸国が次々にトルコに対して反乱を起こし、スラブ系諸国の盟主として任じるロシアも七七年にトルコに宣戦を布告した。ブルガリアの叛徒は正教のキリスト教徒であったが、ロシアのアレクサンドル二世もキリスト教徒の保護を戦争の目的に掲げた。戦争はイスラム教国のトルコと、ロシアを盟主とするバルカンのキリスト教諸国の衝突であった。イスラム教世界とキリスト教世界の宗教戦争であり、文字通り「文明の衝突」であった。

ドストエフスキーはこの戦争にさながら旗振り役のように馳せ参じた。折から刊行中の月刊個人雑誌『作家の日記』には東方問題の記事が随所に目につく。中でも一八七七年四月号の見出しは四節のすべてが東方問題である。これについてナセートキンは次のように書く。

「始まったばかりのロシアとトルコの戦争に全章が捧げられている。ドストエフスキーはこの戦争の無条件の支持者であり、それを歓迎している。」

（N・ナセートキン『ドストエフスキー百科事典』、モスクワ、「アルゴリトゥム」出版所、二〇〇三年。）

その前年の一八七六年、ロシア社会はまたもや差したトルコ戦争の影に風雲急を告げる様相を呈していたが、『作家の日記』（七月号）には案の定、この戦争の「その前夜」に於けるロシアの社会的雰囲気が反映されている。その第二章の第三節はずばり東方問題を見出しに掲げている。ナセートキンはその状況を次のように略述している。

「この章はその全体が政治に、バルカンでの軍事行動の前夜と始まりで形成された、ヨーロッパ情勢の概説に捧げられている。新聞雑誌にはロシアのこの戦争への参加如何に関する熱情が滾《みなぎ》っていた。ロシア社会は戦争の反対者と支持者に分かれた。ドストエフスキーは、ロシア人はトルコのくびきと戦う同胞のスラブ人を助けなければならないという立場の、疑う余地のない同調者であった。章の終わりの節（第五節。—引用者注）では、作家は看護婦としてセルビアへ行こうとしているある娘さんが彼を訪ねてきたことを報じて、国の生活で婦人の役割が増大すること、そして婦人にもっと権利と教育を授けなければならないという自分の考えを再び繰り返している」（同、傍点ルビは引用者。）

だが八月号の第四章の解説にナセートキンが次のように書いていることは頂けない。「第一章の結びの編（第四編「文明の最後の言葉」）でドストエフスキーは政治的な緊急問題に移るが、それは東方問題、すなわちバルカン情勢、トルコのくびきに対するスラブ民族の解放戦争である。」（同、傍点ルビは引用者。）

その折の露土戦争がロシアを盟主とするスラブ民族の解放戦争であったかどうかは無条件で一方的に断定できることではない。今次のプーチン戦争でも、その張本人はウクライナの東部諸州（ドネツク地方）のロシア系住民を迫害や「ジェノサイド」（大量殺戮）から保護するのがロシア軍のウクライナ侵攻の目的であると強弁した。だがそれを信じる人は盲目的なロシア・シンパの他には居ない。それは満州事変の引金になった柳条湖事件が関東軍の言わば自作自演の偽旗《にせはた》作戦であったと考えない日本人が今では居ないことと何ら違わない。解放戦争（防衛戦争）か侵略戦争か否かは事程左様に識別も断定も至難の業なのである。（序章を参照されたし。）

ドストエフスキーは病気療養で一八七六年の夏をドイツのエムスで過ごしたため、七月号と八月号は合併号となった。帰国して出した九月号の第一章も東方問題を取り上げているが、その戦争をまたもや「トルコのくびきに対するスラブ諸民族の解放戦争」と書いて憚らないナセートキンは、凝り固まったスラブ主義者であると断ぜざるを得ない。ドストエフスキー自身は言うまでもなく、その研究者なども多くそうした思想傾向であることは、ある意味で理の当然であるかも知れない。そうであるからして、『トルストイとドストエフスキー。良心の兄弟』（モスクワ、「プロスペクト」出版社、二〇一九年）の著者B・レーミゾフのように、ロシアの二大文豪を互いに近い存在と見なす研究者はごく稀にしか居ない。そして最後の露土戦争を、祖国戦争としてのナポレオン戦争と同じようにではなく、ロシアの、スラブ民族の祖国防衛戦争、解放戦争ではないと見なす人も、ロシア・スラブ世界には稀にしか居ない。

とは言え、水と火ほどにもかけ離れた主戦論のドストエフスキーと非戦論のトルストイが「良心の兄弟」であるとするなら、それは「主戦論の良心」と「非戦論の良心」という兄弟関係であるとしか言いようがない。ではそれは「敵同士」の兄弟関係とどこが違うのか、判然としない。それは「言葉の綾」に過ぎない嫌いが拭い難い。主戦論と非戦論が仲良く共存できるというのなら、そんな現実離れのした話はない。同時代の二大文豪は、終生、会えぬ運命になっていたが、それは『史記』の名言「両雄並び立たず」を証するものであろう。

『アンナ・カレーニナ』は『ロシア報知』誌に一八七五―七七年に掲載されたが、それは最終的に全八編になる長編小説の七編まででであった。ヒロインのアンナは第七編で自殺するので、雑誌の発行者かつ編集者であったカトコフは、作品は七編で完結した、そして第八編は余分なものであると考えたので、彼は第七編までを単行本で出版した。そこでトルストイとカトコフが仲たがいしたため、長編が完全な形で出版されたのは明くる一八七八年の初めであった。奇しくもこの一八七七年と七八年という二年は最後の露土戦争の始まりの年と終わりの年である。一方で、一八七三年から一八八〇年まで断続的に発行されたドストエフスキーの個人雑誌『作家の日記』は一八七六―七七年がその酣《たけなわ》であった。

「両勇相並ばず」と言うが、それを地で行くかのように、十九世紀ロシア文学の両雄は生涯遂に面と向かって相まみえることがなかった。あるとき二人が同座する又とない機会が可能性としてあったことは知られているのだが。そこにはかの評論家ストラーホフのドストエフスキーに対する劇的な企てという出来事もあった。またある時、二人の作家が参加した文学の夕べにストラーホフも居て、二人と昵懇《じっこん》な間柄の彼は二人を引き合わせることが出来る立場だったにも拘らず、その労を取らず、初対面は実現しなかった。だが、運命の計らいか、実にこの最後の東方問題、最後の露土戦争の時期に、両雄は「ペンの闘い」で相まみえるという運びになる。

『作家の日記』では一八七八年の七・八月合併号に第一章第一節の小見出しの後半が「新しい本に関する短評」となっている。他でもなく、この「新しい本」とは『アンナ・カレーニナ』のことである。第二章第一節では小見出しの後半を「『アンナ・カレーニナ』の第八章」とし、第三節では小見出しを「特別な意義を有する事実としての『アンナ・カレーニナ』」としている。こうした小見出しの連なりを見るだけでも、一八七七年のこの時期、『作家の日記』の筆者が『アンナ・カレーニナ』に並々ならぬ関心を払っていたことが伝わる。折柄の露土戦争とトルストイの新作小説がロシアの知識人の目耳を引きつけていた訳である。

ドストエフスキーは芸術作品としての『アンナ・カレーニナ』を高く評価している。

「それにも拘わらず、『アンナ・カレーニナ』はたまたま手に入る芸術作品として完全なものであり、それは今の時代にヨーロッパの文学のうち何ひとつとして比較できず、第二に、その理念ではそれは既に何かしら私たちのもの、私たち自身に親しいものであり、ヨーロッパ世界を前にして私たちの特質を成すもの、既に私たちの国民的な「新しい言葉」、少なくともその始まりを成すのである。それはまた、ヨーロッパ世界の非常な傲慢にも拘らず、ヨーロッパでは正に聞けないもの、しかしながら、ヨーロッパに大いに必要なものである。」

（ソビエト科学アカデミー・ロシア文学研究所版ドストエフスキー三十巻全集、第二十五巻、作家の日記、一八七七年一月―八月、「ナウカ」出版所、レニングラード支部、一九八三年、二〇〇頁）

だが思想面での評価はこれとは正反対で、非難・断罪の響きがその基調になっている。多分に作者トルストイの分身と目されるレーヴィン論に作者は一八七七年の『作家の日記』で第二章の最終第四節から第三章のほぼ全四節を費やしているが、その人物像には明らかに懐疑的である。そして第三章を次のように結んでいる。

「レーヴィンは自分の叙事詩をこれで終えたのだろうか。作者は私たちに彼を正しい正直な人間として差しだしたいのだろうか。『アンナ・カレーニナ』の作者のような人たちが社会の教師なのであり、私たちはただ彼らの生徒であるに過ぎない。では彼らは私たちにいったい何を教えるのだろうか。」（同、二二三頁。）

トルストイの第二の大作をドストエフスキーは、先ずは芸術作品として九天の高みに持ち上げ、そのあと思想的には奈落の淵に突き落としている。小説の芸術性では「べた褒め」するも、その思想性では「扱下《こき》ろす」―それが『作家の日記』の作者による『アンナ・カレ―ニナ』論の要諦である。物の評価に於いて、「べた褒め」が肯定の極みなら、「扱下ろし」は否定の極みである。ここにもドストエフスキー一流の「肯定と否定」が顔を覗けている。『作家の日記』の後、程なくして『カラマーゾフの兄弟』が書かれるが、その第二部第五編は「プロとコントラ」という題名に統《す》べられている。（全七章）。すなわち「肯定と否定」である。『作家の日記』のここではそれがレーヴィンという人物像とその生みの親トルストイに向けられている。だが、その「肯定と否定」は『アンナ・カレーニナ』という小説の時代背景を成す露土戦争、その別名である東方問題に対する「肯定と否定」にトルストイが、そしてドストエフスキーがどんな態度で臨んでいたかという問題にもなる。なぜなら、戦争に対する「プロ」（肯定）が主戦論であり、「コントラ」（否定）が非戦論に他ならないからである。

ドストエフスキーの主戦論は『作家の日記』の小見出しを拾い集めるだけでも明白であるが、その立場を憚《はばか》りなく表明した件にも事欠かない。左記がその一例である。

「この戦争は私たち自身に必要である。ただトルコ人に迫害されている「スラブの兄弟たち」だけにとってだけではなく、自分たち自身の救済のためにも必要なのだ。無力と退廃と精神的狭隘の中に座して私たちが呼吸している空気、私たちを息苦しくしている空気、その空気を戦争は清めてくれるのだ。」（同、九五頁、傍点ルビは引用者）

これに対して『アンナ・カレーニナ』の下地にあるトルストイの非戦論について、モスクワ版トルストイ全集の注解者E・ババーエフは次のように書いている。

「トルストイの長編小説には非戦論の息吹が感じられる。例えば、レーヴィンは「善の戒めを厳密に実行してみれば、戦争を望むことができなかった」と告白する。正にそれ故に彼は「戦争を説いた新聞雑誌をあれほど厳しく批判した」のである。周知のように、「カトコフは『ロシア報知』にこの小説の第八編を掲載することを拒否したのであるが、それは自由意志による運動の評価でのトルストイとの相違のためであった。」（モスクワ版トルストイ二十二巻全集、第九巻、注解、傍点ルビは引用者。）

小説の第七章でアンナは鉄路に身を投げて自死を遂げるが、追って刊行された最終の第八編ではヴロンスキーが同じく鉄路でセルビアの戦地に向かう。この結構にヴロンスキーの後追い自殺、自死の願望を読み取れば、深読みが過ぎよう。だが戦地が死地であることに変わりはない。少なくともここにヴロンスキーの戦死が暗示されていることは否み難い。ここで筆者は「鉄」と「死」に傍点を付して注意を喚起したが、加えて「戦地」と「戦死」の「戦」にも注意を向ければ、「戦―鉄―死」というキーワードが浮かび上がる。『トルストイ百科事典』で『アンナ・カレーニナ』の解説を担当したスヴィツカヤは、鉄道線路の鉄に着目して一段と深い考察を披露し、小説の全編に仕組まれた作者の暗示を「解読」している。

「小説全体の支えとなる象徴的な形象は鉄道である。アンナとヴロンスキーは鉄道で知り合い、愛の告白は鉄道で為される（ボロゴエ）。アンナは鉄道で非業の死を遂げ、鉄道という同じ場所で私たちは戦地に赴くヴロンスキーを見納めする。鉄は生に対立するものの象徴であり、機械的なものと無慈悲なものの象徴である。鉄という、この多義的な形象の内には、鉄は生きた生命の対蹠《せき》物であるという形象があるが、その他に、軌道―それは更にまた前もって決まっていること、宿命性であり、軌道―それはそこから逸れて曲がることが出来ない道である。」（『トルストイ百科事典』、傍点ルビは引用者。）

これは文芸学で「遅読の方法」ないし「ゆっくり読む技術」と呼ばれるものの一例であり、ロシア文学では夙にプーシキン物の『「エヴゲーニー・オネーギン」注解』があり（本邦未訳）、ドストエフスキーの『罪と罰』にはS・ベローフ著の『「罪と罰」注解』（糸川紘一訳、群像社、一九九〇年）がある。

こうした深読みをするまでもなく、『アンナ・カレーニナ』での作者の非戦論は文面にも行間にも刷り込まれている。そして『作家の日記』での作者の主戦論は目次を一覧しただけでも察知され、一読すれば、必ずしもそうでないかという一縷《いちる》の期待も消える。両者とも不退転の原理主義者であり、折り合う余地などありそうもない。まして一八七〇年代末のこの時期に両者の主義主張は共に不動のものになっているからには。

ただ、一つ明らかなことは、今般のロシアによるウクライナ侵略戦争に当たっても、トルストイなら淡々と反対の意思を表明するのに対して、ドストエフスキーならすぐさま賛成して声高な煽動記事を書く筈だ、ということである。なぜなら、迫害されたロシア系の住民やスラブ諸国の同胞を救済するというプーチンの侵攻の口実（偽旗作戦《にせはた》）は、最後の露土戦争の際の口実と本質的に何ら違わないからである。いみじくも「歴史は繰り返す」と言うが、今また勃発したロシア・東欧圏の、スラブ世界の戦争は「東方問題」の繰り返し、そうでなければ新しい「東方問題」の幕開けのような様相を呈している。

主戦論と非戦論の対立は、そしてドストエフスキーとトルストイの対立も、暴力を肯定するか否定するかの対立に帰着する。言い換えれば、それは「肯定と否定」の問題であり、「プロとコントラ」の問題である。国家と国家の武力衝突である戦争は国家的規模の暴力的対決であり、それを支持すれば主戦論になり、それに反対すれば非戦論になる。

トルストイにとって非戦論と「暴力による悪への無抵抗」という思想は別物でない。

（Непротивление злу насилием）の日本語訳「悪に報いるに暴力をもってしないこと」は思想用語としては長ったらしくて簡潔でないこともあり、「トルストイの無抵抗主義」という第二の訳語が示されている。（東郷正延ほか『研究社露和辞典』。）

だが「暴力をもってしない」を省略したこの第二の訳語は言わば諸刃の剣であり、「無抵抗主義」が独り歩きする余地を多分に残している。そして事実、それは独り歩きしてきた嫌いが多分にある。だがトルストイを指して「無抵抗主義者」と呼ぶのは的外れも甚だしい。それどころか、近代の知識人にトルストイの右に出る「抵抗主義者」は居ない。簡潔に呼ぶには、トルストイは無抵抗主義者ではなく、非暴力主義者と呼ばねばならない。非暴力主義者は、理の当然として、戦争に関しては非戦論者になる訳である、戦争は最大の暴力であるからして。

ドストエフスキーはと言えば、その初期作品は別にして、シベリア流刑以後の後期作品では殆どことごとく、殺人が題材に、しかも多分に中心的な題材になっている。五大長編小説の皮切りである『罪と罰』では主人公ラスコーリニコフが高利貸しの老婆アリョーナ・イワーノヴナを殺害して金を奪う。これを手始めに『白痴』ではヒロインのナスターシャ・フィリポヴナが主人公ムイシキンの恋的ラゴージンに殺される。『悪霊』も殺人や自殺が筋書きに目立つ。最後の『カラマーゾフの兄弟』では父親殺しという大罪が兄弟を囲繞《いにょう》する。市民生活に殺人事件が日常茶飯事のように頻発する小説を多く書いたドストエフスキーは、戦争を前にして今度は声高に主戦論を書きまくる。恰も殺人が市民生活の事実であるなら、戦争も国際社会の事実であるかのように。これにはペテルブルグの工兵学校卒というその学歴も与かっているのかも知れない。兵学校は戦争を前提にした学校であるからには。

露土戦争のあと露国も土国も衰退し崩壊に向かう。その意味で露土戦争は帝政ロシアとオスマン帝国という二つの帝国の言わば「終わりの始め」であった。ロマノフ王朝の帝政ロシアは一九一七年のロシア革命によって崩壊し、専制支配のオスマン帝国は一九〇八年の「青年トルコ党」革命と第一次世界大戦後のトルコ革命によって一九二二年に崩壊した。二つの帝国は「革命の世紀」である二十世紀の初めに共に崩壊した訳である。では、果たして今次のプーチン戦争によってプーチン帝国が衰退に向かい、崩壊し消滅しないかどうか。それはまだ「神のみぞ知る」にとどまっている。

滅亡の運命にあったユーラシアの二大帝国の最後の戦争に際して、『作家の日記』と『アンナ・カレーニナ』を引っ提げて言わば「ペンの戦争」でそれに参じた二大文豪自身の運命には、両国の運命と同様に、大きな転機が迫っていた。

ドストエフスキーは威丈高に主戦論を連発した一八七七年の『作家の日記』のあと、一八八〇年の八月号だけを出してこの個人雑誌を閉刊にする。そして明くる一八八一年にはもう六〇年の生涯を閉じている。

トルストイは一八七九―八二年に『懺悔』を執筆するが、それは『神の王国は汝らの内にあり』などの宗教論シリーズの皮切りであった。その時期、トルストイは言わばもう第二のトルストイであり、ある意味でそれまでの第一のトルストイとは別人の面影を宿していた。ごく早い時期（一九二八年）にV・リヴォフ・ロガチェフスキーは一八二八―一九二八年の（百年間の）トルストイの生活と作品を『地主屋敷から百姓小屋へ』という題名で書いて出版しているが、その「地主屋敷」は前期トルストイを、また「百姓小屋」は後期トルストイを象徴するものである。最後の露土戦争はトルストイの前期と後期を分ける言わば分水嶺の時期なのであった。今次のプーチン戦争が何の分水嶺になるかは未だ知られない。ロシアにとっても、世界にとっても。だがそれがロシア史上の、そして世界史上の一大転機になるであろうことは否定できまい。スターリン体制の終焉がもたらしたような転機に。またソ連崩壊がもたらしたような転機に。

第四章　日露戦争

『考え直してみよう』（『胸に手を当てて考えよう』、《Одумайтесь!》）

日露戦争の開戦に際して日本側では、知識人の主戦論が日露開戦議論を展開し、対露強行の世論喚起を主導していた。「七博士建白事件」は東京帝国大学教授六名と学習院教授一名が桂太郎首相の外交政策を軟弱として批判し、一九〇三年（明治三六）六月十日、連名で開戦の建白書を提出したものである。こうしてこの学者グループの行動は日露開戦論の火付け役を果たすものとなった。この事件は開戦前夜の日本の雰囲気をよく表している。同時にそれは、帝国大学などが多分に大日本帝国の御用機関であったことを如実に示してもいる。

「一九〇三年六月八日、大山巌参謀総長は、陸軍参謀本部の部長会議を召集した。今後、シベリア鉄道の便が向上すれば、ロシアの軍事力が増大する、この機を逃せば、満洲からロシアを撤兵させることは不可能になろう、彼我の軍事力を勘案すれば、開戦するなら今しかない、との意見が具申された。が、参謀総長は、それを聴き置くにとどめたという。まだ、部長クラスの意向調べというところだったようだ。」（鈴木貞美『日露戦争の時代』、平凡社、二〇二三年、一七二頁。）

七博士の建白書が提出されたのはその僅か二日後であった。

「六月十日付で、東京帝国大学教授の戸水寛人・小野塚喜平治・高橋作衛・金井延・寺尾亨に学習院教授の中村進午を加えた七博士が、満洲からロシア軍を一掃すべしとの建議書を内閣に提出し、新聞紙上でも意見を開陳した。〔今日満洲問題ヲ解決セザレバ朝鮮空シカルベク、朝鮮空シケレバ日本ノ防衛ハ得テ望ムベカラズ〕。ロシア軍の極東支配への動きが進展している危急の事態を訴え、『撃つなら今』が強調されている。その文言の中に『満韓交換論はロシアの詐術で、やがては韓国も獲るつもりだから、乗ってはならない』という意味の言葉が出てくる。日清戦争時にも、朝鮮の利害が日本の死活に関わると言われたが、今回は、満洲にロシア軍を置いたままロシアの特権を認めることは日本の存立そのものに関わるという主張である。こうして戦争へ向かう機運が醸成されていった。」（同。一七二―一七三頁）

「象牙の塔」はこんな有様であったが、在野の知識人には非戦論者も少なからず居た。明治大正期の有力新聞であった『萬朝報《よろず》』では日露開戦の機運が高まると、堺利彦、幸徳秋水、内村鑑三らが非戦論を展開した。堺利彦と幸徳秋水は社会主義の立場から、内村鑑三はクリスチャンの立場からの非戦論であった。だが一九〇三年（明治三六）秋になると『萬朝報《よろず》』は開戦論に転向したため、三人は退社した。堺と幸徳は平民社を創立し、『平民新聞』を発刊して非戦の運動を展開し、内村は自身の雑誌『聖書之研究』で非戦論を説き続けた。

また労働運動家で、一九〇四年（明治三四）に日本最初の社会主義政党である社会民主党の設立者の一人になった片山潜は、日露戦争が始まった一九〇四年の夏にはアムステルダムの万国社会党大会に出席し、ロシアのプレハーノフと共に副議長に選出され、不戦の握手を交わして国際的な脚光を浴びた。片山は後に国際反帝同盟はじめ反戦運動の面でも活躍した。

そして与謝野晶子。日露戦争に際して「君死たまふことなかれ」で知られた熱唱を歌い上げた女流歌人であるが（新詩社の『明星』に拠った、文字通り近代日本文学の星）、奇しくも露宇戦争（ロシア・ウクライナ戦争、軍事研究家・小泉猛の用語）が勃発した二〇二二年に『ジャーナリスト与謝野晶子』が出版された。（松村由利子著、短歌研究社。）漸く今ジャーナリスト与謝野晶子が脚光を浴びる訳であるが、彼女のそうした才能は以前にも指摘されている。同じく歌人の馬場あき子は書く。

「評論活動も積極的で、『一隅より』（一九一一）、『激動の中を行く』（一九一九）、『人間礼拝』（一九二一）など十数冊に上り、その関心は広い社会的視野に立って婦人問題に注がれていた。女性に絶えず考える姿勢を求めつつ、その地位の向上への方途を説いたが、中でも『母体の国家保護』をめぐる問題では平塚らいてう等の婦人活動家と対立し、子供は一個の人格体としてとらえるべきだと主張するなど、自覚された女性の自持《じじ》に基づいた確固たる女性思想を示していた。」（日本大百科事典、小学館。）

　ジャーナリスト与謝野晶子という見方を念頭に置けば、かの熱唱も日露戦争という当時のその社会的な背景をひとしお濃く反映して響く。

　君死にたまふことなかれ、
すめらみことは、戦ひに、
おほみずからは出でまさね、かたみに人の血を流し、
獣《けもの》の道に死ねよとは、
死ぬるを人のほまれとは、大みこころの深ければ、
もとよりいかで思《おぼ》されむ。

ロシア側の日露戦争観は煎じ詰めれば次のようなものになる。

「一九〇四—一九〇五年の露日戦争

この戦争でロシアと日本は中国北東部と朝鮮に於ける支配権のために戦闘を行った。戦争を始めたのは日本である。一九〇四年に日本の艦隊は旅順港を襲撃した。要塞の防衛は一九〇五年の初めまで続いたが、そのとき日本勢は奉天の総力的な会戦でロシアの陸軍を、対馬でロシアの海軍を殲滅《せんめつ》した。（中略）

戦争に対するトルストイの態度は極めて否定的なものであり、道理に叶っているのはThe North America（北米）紙の編集部の電報に対する彼の回答である。

『私が味方するのはロシアでも日本でもなく、両国の働く国民である、なぜなら彼らは政府に騙されて自分の幸福、良心、宗教に反して戦うことを強いられているからである。』

トルストイは『考え直してみよう』という論文の中で、戦争をやめようとする説得的な呼び掛けを戦う者たちにしている。同時にD・マコヴィッキー（トルストイの秘書、注）は、リベラル派や政府に反対する人たちの特徴を成す、敗北主義者の気分に対してトルストイが激しく非難していることに気づいている。—『ロシア人たちが私にはもっと近しい。その中には私の子供たちや農民が居る。一億人の百姓たちがロシアの軍隊と一緒になって、敗北を望んでいない。これは私のあるがままの気持ちだ。』　こうした状況で真のクリスチャンにとって唯一の正しい解決策は軍務の拒否であった。似通った解決策は、トルストイの見解によれば、ロシアの人間が自分の受動性によって敵の利益を祖国の利益より上に置いたのではなく、日本人が彼にとって結局のところこうした敵にならなかった、ということによって示唆されたのである。極東での戦争の無意味さは、ロシアが悲劇的な深淵に向かう動きの原因になったのである。」（『トルストイ百科事典』。）

この引用文の（中略）の部分ではトルストイの息子の一人がこの戦争に参加したことに数行が割かれているが、今ここでは別の文献によってそれを略述してみたい。その文献はトルストイの孫の一人であるS（セルゲイ）・M（ミハイロヴィチ）・トルストイがフランス語で書き、後にヤースナヤ・ポリャーナ・トルストイ博物館の研究員A・ポローシナがロシア語に翻訳し、一九九四年にヤースナヤ・ポリャーナの最寄りの大都市トゥーラの「沿オカ川書籍出版所」から刊行された本である。

トルストイの四男アンドレイ（・リヴォーヴィチ・トルストイ、一八七七―一九一六年）。作家自身は「息子たちみんなの中で生活面では最悪」であった息子への自分の愛の理由を探すことはせず、ただ彼に「……物の考え方では私とひどくかけ離れているにも拘らず、私はお前をとても、とても愛している」というだけであった。そのアンドレイはオリガと結婚して男女の二児を儲けた身で、性格の不一致による夫婦関係に苦しみ、六人の子持ちの人妻アンナと通じたため、オリガは去る。オリガと結婚する三年前にアンドレイは志願兵として軍務に就き、コーカサスへ行くが、それは若き日の父親が辿った道そのものである。父トルストイも若き日にコーカサスへ出奔し、その地で文武の出発をしているからである。

オリガとの夫婦生活の破綻に当惑し取り乱した彼は、アンナとも別れて志願兵として露日戦争に行く決心をする。一九〇四年八月五日、彼は自分の部隊の幕僚と一緒に野戦軍へ出発し、シベリア鉄道で極東へ向かった。出征に当たり、母親と三人の兄弟イリヤー、レフ、ミハイルが中西部のタンボフ市へ出向き、前線へ行くアンドレイの見送りをした。母親のソフィア・アンドレーヴナは日記に、アンドレイの生活が捗々《はかばか》しくないとは言え、見送りをした、と書いている。母親は彼の自堕落な生活にも拘らず、この息子を愛し続けたのである。一九〇四年の秋に父親のトルストイは息子のレフに手紙を書いている。

「戦争中は誰もがどんなに元気を出し、我を忘れようとするか、私は経験で知っている──さもないと、戦争という恐ろしい仕事をすることは出来ない。だが戦争中も自分の心を忘れないようにお前にお願いする。そしてみんなに親切にするようにしてもらいたい。それがすべてだ。お前にはそれが出来る、なぜならお前は心が親切だからだ。では、しばらくさようなら、お前に接吻するよ、そしてとても愛している。」（S・M・トルストイ『トルストイの子供たち』、トゥーラ、一七七頁。）

そして十月には―「次のことをお前に言いたい。物の考え方ではお前は私とは随分と隔たっているにも拘らず、私はお前をとても、とても愛している、精神的なキリスト教的な愛と人としての素朴な優しい愛で。」（同。）

極東での戦争でアンドレイは挫傷を負い、その勇敢さに対してゲオルギー十字勲章を授与され、一九〇五年一月十日に戦闘の前線からヤースナヤ・ポリャーナに帰還した。

露日戦争が勃発した一九〇四年、トルストイは七十六歳であり、その遠からぬ前の一九〇一―一九〇二年、重病でクリミアのガスプラ（パーニナ邸）に家族と一緒に暮らしていた。志願兵として出征した時、アンドレイは二十七歳であった。そしてトルストイの余命は八年、アンドレイとて、長生きせず三十九歳の寿命だったので、余命は十二年であった。作家は祖国に対しても息子に対しても「考え直してみよう」の思いを抱いたことであろう。書き出しの「また戦争だ」にはその思いが滲み出ている。

『考え直してみよう』はトルストイに関わるこうした社会的・家庭的な状況下で書かれた。このことはそれが書斎の思索だけで書かれた机上の空論ではなく、時代の趨勢に触発されて焦眉の現実問題に向けられた、老大作家の渾身の一書だったことを示している。

『考え直してみよう』（《Одумайтесь!》）

これは今まさにプーチンとロシア国民が耳を傾けて聞かねばならない諫《いさ》めである。また日本人、日本国民も傾聴しなければならない諭《さと》しである。なぜならこれは大日本帝国と帝政ロシアの戦争だったからである。

「また戦争だ。また誰にも必要でない、何が呼び起こしたのでもない苦しみ、また嘘、また全面的な愚昧化、人間の獣化！」――このようにトルストイは『考え直してみよう』という論文を書き出す。それはジャーナリズムの歴史上、最も明白な非戦論の一つである。それは一九〇四年に日露戦争への論評として書かれたので、ロシアで出版されたのは幾年も経ってからであった―検閲で禁止されていたからである。何しろ戦争は最大の罪であり、並外れて残酷な行為なのである。

戦争は人々が地上で作り出す地獄であるということを理解せず心で感じずに居ることがどうして出来るのか、とトルストイは衷心から驚くのであった。作家は次のように書いている。

「残酷で虚偽で愚昧な点で何やら不可解で有り得ないことが行われている。互いに一万キロも離れた人々が、幾十万人というそうした人々が、一方では仏教徒で、その戒律は人間だけでなく、動物をも殺すことを禁じている。他方ではキリスト教徒で、親和と愛の戒律を信奉するキリスト教徒である。その両者が野獣のように陸上と海上で互いを殺し合い、この上なく残酷なやり方で殺そうとしている。」（『考え直してみよう』—レフ・トルストイ、ジャーナリズム論文選集、モスクワ、「V・K出版社」、二〇一〇年、一八二頁他。）

日露戦争はどちらが侵略国でどちらが防衛国であるか、容易に断じ難い。従ってトルストイのこうした思いは日本にもロシアにも、また日本人にもロシア人にも向けられている。では今次のプーチン戦争はどうであるか。現下のウクライナ戦争はどうであるか。侵略国がロシアであり、侵略者がロシア人であることは火を見るよりも明らかである。そうすると、この反戦論文は作家の祖国ロシアに向けられ、トルストイの同胞ロシア人に向けられることになる。ロシアはとんでもない不名誉を現在と将来に背負い、ロシア人は末永く世界の除《の》け者にならねばならない。

この論文の題名《Одумайтесь!》（『考え直してみよう』）は夙に『戦争と平和』の中でも響く言葉である。（第三巻、第二編ほか。）

この論文は日露戦争に際してトルストイが非戦を呼び掛けたものであるが、一般的な非戦論の内容も少なくない。その点ではこの論文は『戦争と平和』に見られた（家族の）記録と歴史哲学を含む哲学論文を併せ持った書き物であるとも言える。従って、『戦争と平和』の哲学論議や歴史論議が「退屈な話」（チェーホフ）の嫌いも持つように、この論文の一般的な非戦論を説く部分は同じ嫌いを持つと言わねばならない。更に、これは日露戦争という焦眉の問題に向けた時局への発言であるため、トルストイのジャーナリズム活動の一環として括られる論文である。二〇一〇年には作家の没後百周年を記念して、その分野の一作品の題名『分別の時』を書名とする選集本が出版されたが、その副題は「ジャーナリズム論文選集（一八八〇—一九一〇年）」となっている。（モスクワ、「ＶＫ」出版社、二〇一〇年。） Ｉ・ペトロヴィツカヤによるその巻頭解説は「トルストイ—ジャーナリスト」と題されている。そしてそこにエピグラフとして掲げられたトルストイの言葉には、単なる書斎の人ではない作家の面目が躍如としている。

「思想家と芸術家は、私たちはそれに慣れっこになってしまっているが、オリンポス山の高みに座していることは決して出来ない。思想家と芸術家は救済と慰藉を見いだすために、人々と一緒に苦しまなければならない。」

　四男アンドレイが志願兵として出征したこともあり、トルストイ一家にとって露日戦争は文字通り他人事《ひとごと》、他所事《よそごと》ではなかった。それだけに、「我が事」として書かれた『考え直してみよう』は読者の胸を打ち、時代を越えて普遍的な共感を勝ち得ることが出来る筈である。まして今、事もあろうにトルストイの祖国が侵略国となり、加害国となって戦争を起こし、既に一年以上も隣邦ウクライナを蹂躙し荒廃させている今、この論文は熟読され精読されねばならない。まして、この選集本の巻頭言に読まれるように、トルストイのジャーナリズム論文は作家の祖国ロシアでさえ、必ずしも周知されて来た訳ではない。今までそれを読んだことのないロシア人も少なくない実情なら、今こそそれは読まれねばならない。さもないと、ロシア人の評判はいつまでともなく墜《お》ちることになろう。プーチン戦争の張本人こそは真っ先にこれを読まなければならないが、それはあり得ないであろう。クレムリンにはもう十年この方、ヤースナヤ・ポリャーナの当主（博物館長）だったV・トルストイ氏が文化関係の助言者として勤務している。（その間、エレーナ・トルスタヤ夫人が留守役の形で博物館長を務めている。）聞く耳がある大統領であったなら、もうとっくにV・トルストイ氏と語らって、祖国の文豪の叡智に学んでいたことであろう。プーチンに大統領の道を拓いたエリツィン前大統領は読書をしなかったという。そして現大統領は自己流にしか歴史にも文学にも学ばない人である。ゴルバチョフ元大統領は読書家で、ドストエフスキーの作品も愛読していたという。一九九〇年に拙訳で『「罪と罰」注解』が出版された際、訳者の招待で来日した原著者のS・ベローフは、帰国時にその訳書を一冊、記念にゴルバチョフ（当時は首相）に献呈するためクレムリンに届けていた。だがその後、ロシアは大統領に人を得なかった──それがゴルバチョフ大統領に続く現代ロシアの悲劇の元にある。ロシアによるウクライナ侵略戦争の悲劇の根底にも。

『考え直してみよう』に読む次の件《くだり》は、今から百十年前に書かれたものであるにも拘らず、世界の現在の状況を描写しているように読める。

「現在のキリスト教的人類は今やそうした状況にある。何しろ、もし私たちが今のように生活し続けるとしたなら、—私的生活に於いても個々の国家的生活に於いても自分と自国の利益のためという願望だけに従って—、そして今のようにこの福利を暴力によって確保するとしたら、その暁には互いに対し国家と国家に対して不可避的に暴力の手段を増大させて、私たちは、第一に、自分の生産能力の大部分を軍備にまわして、益々零落するであろう。第二に、互いに対する戦争で、肉体的に最上の人々を殺すことによって、益々退化し、精神的に退廃し、堕落するだろう。」（その五。一九七頁）

これに続く件では、こうしたことは現代に於いて既に理性だけでなく、感覚にとっても確かなことであり、益々互いに武装し合い、缶の中の蜘蛛のように互いの殲滅《せんめつ》だけにしか行き着く所がない、述べている。

これは現下のプーチン戦争にピタリと当て嵌る。今やロシアもウクライナも相手国を殲滅させることにしか自国の活路を見いだしていない。とは言え、ここは「喧嘩両成敗」というものではない。侵略戦争を一方的に仕掛けたのはロシア側であり、ウクライナ側は祖国の国土と国民を死守している、というのが事の真相である。それを忘れてはならない。「解決できない、そして常に複雑化の上にも複雑化している危険は言うまでもなく、戦争でいつなりと銃砲の弾丸を空にする準備が出来ていて現に空にしつつあり、互いに武装し合っている列強の相互関係は、避けがたい滅亡を示していて、それに向かって文明化した全人類がひきつけられているのだ。」（その五。一九九頁）

このように書かれた十年後に第一次の、更にその四半世紀後には第二次の世界大戦が起こったことを思えば、トルストイのこうした見解や危惧はズバリ的中したと言える。祖国ロシアによる今次のウクライナ侵略戦争にこそ言及する由もないが、トルストイは遥かなる未来に祖国ロシアが起こす内戦や戦争も原理的にはあり得ると見ていたと考えられる。なぜなら作家は革命や社会主義に対しても深い洞察を書き記していたからである。精神的転機以後の宗教論の一つには革命の本質について次のように書かれている。

「ゆえに、生命・財産・自由・社会的安寧および人々の個人的幸福をより一層確実に保証するためにも、また王の王であり、主の主であるお人の御意志を実行するためにも、我らは悪に抗するに悪を以てする勿れという根本的な教えを衷心から受け入れ、この教えこそあらゆる偶然にも相応し、神意をも表明しつつ、終局に於いては一切の悪しき力に対して勝利を得るものであることを信じるのである。我らは革命的な教えを説いているのではない。革命的な教えの精神は、復讐・暴力・殺戮の精神である。それは神を恐れず、人格を尊敬しない。」（トルストイ『神の王国は汝らの内にあり』、一、傍点ルビは引用者。―ロシア版・正典トルストイ全集〔全九十巻〕、第二十八巻による。）

トルストイの『考え直してみよう』に照らせば、革命も、社会主義も、ましてや侵略戦争も、それこそ「考え直してみ」なければならない。

トルストイは『要約福音書』を書いたが、これは「マタイによる福音書」を初めとする四福音書の呼称に倣えば、『トルストイによる福音書』となる。また「マタイ伝」以下四つの「伝」という昔の日本的な呼び名を踏襲すれば「トルストイ伝」となる。それ故、今ここで話題にする論文に福音書由来の題名をつけたトルストイには深い思い入れがあったと推察される。

「悔い改めよ」と読まれる戒律は「マルコによる福音書」（「マルコ伝」）では第一章一で「神の子イエス・キリストの福音のはじめ。」という書き出しの中で「バプテスマのヨハネが荒野《あらの》に現れて、罪のゆるしを得させる悔改《くいあらた》めのバプテスマを宣べ伝えていた。」とある文脈で読まれる。

そして同じ「マルコによる福音書」で、イエスが諭《さと》す戒律の第一は「殺すな」である。第十章の一九―「…いましめはあなたの知っているとおりである。『殺すな、姦淫するな、盗むな、偽証を立てるな。欺き取るな、父と母を敬え』」。
「マタイによる福音書」（「マタイ伝」）でも戒律の第一は第五章二一の『殺すな』である。（聖書、日本聖書協会、傍点ルビは引用者。）

このように、新約聖書、福音書、イエス・キリストの戒律の第一は「殺すな」である。反対に、正に正反対に、戦争の目的は、その至上命令は「殺せ」であり、そのことれはトルストイが『戦争と平和』はじめ、幾つもの作品に書いている通りである。そしてトルストイは「殺すな」という第一の、最大の戒律を守るために「殺せ」を旨とする戦争を糾弾する。それを論す論文の題名に福音書の「悔い改めよ」と同義語の「考え直してみよう」を作家が選んだのは、よくよく考えた、熟慮の上のことであったろう。

その六の冒頭には次のように読まれる。

「二千年前、洗礼のヨハネと彼に続いたキリストが人々に言った。『時が満ちて神の国が近づいた。悔い改めよ、そして福音を信じよ』（マルコによる福音書一―一五）。そして『もし悔い改めなければ、みんなが滅びるであろう』（ルカによる福音書、十三―五）。だが人々は彼の言うことを聴かなかった。そして彼が予言した滅亡はもう近くに迫っている。そして現代人である私たちはその滅亡を見ずには居られない。私たちは既に滅びつつある、それ故に私たちは時間的には古いが、私たちに身近な救済の手段を聞き逃すことが出来ない。私たちは、自分たちの不道徳で非理性的な生活から生ずる、他のあらゆる災厄を見ずには居られない。ただ軍備とそれに続く不可避の戦争だけが否応なしに私たちを滅ぼすのを見ないでは居られない。こうした災厄を免れるあらゆる実際的な方策は無力であり、また無力であるに違いない、そして互いに武装し合う諸国民の状態の悲惨さは益々強まりながら進まずには居ないことを、私たちは見ずに居られない。それ故にキリストの言葉はいつにも増し、誰にも増して私たちと私たちの時代に向けられているのである。
キリストは言った――悔い改めよ、と。すなわち、めいめいが自分の始めた活動の中で立ち止まって、汝は何者なのか、どこから現れたのか、汝の使命は何なのか、と自問するよう求めた。そしてこうした質問に答えてから、答えに応じて汝が行っていることは汝の使命に固有のことなのかを決定せよ。」（その六。二〇一―二〇二頁）

このトルストイ論文はその一から八までは叙述がどちらかと言えば具象的よりは抽象的、具体的よりは一般的であるが、その九では一転して、具象的・具体的な叙述になっている。これはいわゆる「総論と各論」の問題でもあり、よくある「総論賛成、各論反対」の一例に堕し兼ねない。「総論と各論」の問題は言わば「社会と個人」の問題でもあり、「他人事《ひとごと》と我が事」の問題でもあり、現実的には大抵の場合に難問である。

叙述が抽象的より具象的になれば、書き物は論文によりも小説に似て来る。事実、この論文のその九はトルストイの論文より小説を彷彿とさせる。なるほど、ここでも著者の地の文章は相変わらず論文になっているが、それに先立って掲げられた三編の資料の第一は小説的な体裁で書かれている。(『P・オリホヴィクの手紙集』という本より。) 資料の一つが手紙なので、その九は言わば書簡体の小説の趣を呈している。そうなると、トルストイの本領発揮となるのは言うまでもない。掲げられた第二の資料を今ここに拙訳で示してみたい。

「一八九四年一月二七日、ヴォローネジ監獄の病院でドロジジン某が肺炎で死んだが、彼はクールスク県の農村の元教師であった。彼の死体は、監獄で死ぬあらゆる犯罪人の死体をそこに投げ捨てるように、監獄の墓地の墓に打ち捨てられていた。ところがこの人は人生に見受けられる最も神聖な、廉潔な、正しい人々の一人であった。

一八九一年八月、彼は兵役の義務を果たすよう召集されたが、彼はあらゆる人を同胞と見なし、殺人と暴力を良心と神の意志に反する最大の罪と見なしていたので、兵士になり武器を手に取ることを拒否した。ちょうど同様に、彼に邪悪な行為を要求することが出来る他の人々の権力に自分を委ねることを罪と考えたので、彼は宣誓も拒否した。暴力と殺人を生活の基盤にしている人々は初め彼を一年間ハリコフで独房監禁にし、その後ヴォローネジの懲治大隊に移し、そこで彼は一生のあいだ寒さ、飢え、独房監禁に苦しんだ。遂に、不断の苦しみと喪失のために肺病が悪化し、軍務に適さないと認定された時、彼は民間監獄に移され、そこで更に九年間の監禁という刑期を終えねばならなかった。だが酷寒の日に彼を大隊から監獄へ護送する際に、警察の職員たちは自分たちの無頓着さから温かい衣類を着せずに彼を連れ出し、警察の建物に近い通りに長いあいだ停止していたため、彼に風邪をひかせてしまった。彼は肺炎を起こし、そのために二二日後に死んでしまった。

死ぬ一日前にドロジジンは医師に言った。『私は長生きしなかったが、自分の良心に従って、自分の信念通りに行動した。もちろん、このことについては他の人たちがもっとよく判断を下すかも知れない。もしかして……いや、私は正しかったのだと思う』と彼は確信をもって言った。」

（「考え直してみよう」――『分別の時』〔トルストイのジャーナリズム論文選集〕、一八八〇―一九一〇年）』、モスクワ、「ＶＫ」出版社、二〇一〇年、その九。二一五―二一六頁。

この手紙の前にトルストイは軍務を拒否した農夫の手紙を『Ｐ・オリホヴィクの書簡集』という本から掲げ、この手紙の後には新約聖書の「エペソ人への手紙」の最終章である十六章の一一、一二、一三を掲げている。そしてそれらを承けた自身の態度表明は、案の定、「暴力による悪への無抵抗」の一言に尽きる。（この問題には別して一書が必要。）

「暴力による悪への無抵抗」という一言は無数の言に代わっている。それを引証するならその九の全体では足りず、この論文全体でも足りない。極言すれば、トルストイ全集の全巻（規範本は九十巻、進行中の新企画では百巻）で初めて足りるものであろう。事程左様にこの一言は重いものであり、トルストイのすべてを載せている一言であると言っても過言でない。そしてその一言の真義を開く鍵は「真の宗教」であり、「真の宗教的人間」である。

「暴力による悪への無抵抗」という思想で大事なことは、「暴力によって」抵抗しないという点であり、多く「無抵抗」の方に比重を置いて理解（すなわち誤解）される点に問題がある。そもそもトルストイが無抵抗者であるなどということはあり得ない。それどころか、トルストイは近代知識人の中で最大の抵抗者である。そのことはガンジーはじめ、多くの信奉者、帰依者、追随者がトルストイに倣って輩出されたことでも証明される。そのことはまた幾多の小説や戯曲の名作からも明らかであるが、「思い直してみよう」ほか三十四編が収録された作家のジャーナリズム論文選集（全五二四ページ）一冊だけでも十分な実証になる。トルストイは「無抵抗主義者」では更々ないどころか、その真逆の「抵抗の鬼」である。

暴力の極みは殺人であり、福音書の第一の戒律である「殺すなかれ」は暴力一般を禁じている。当然のこと、戦争は大規模な暴力であり、大量殺人である故に、福音書の精神としては「戦うなかれ」という戒律になる。それは言わば「書かれざる」福音書の戒律である。非戦論は非暴力主義の必然的な帰結となる。非戦論の「非」は非暴力主義の「非」である。そのことから、福音書を信奉して自ら『要約福音書』を編むことさえして、言わば「トルストイによる福音書」、又の名「トルストイ伝」の著者となったたトルストイが、福音書の第一の戒律の第一である「殺すなかれ」という非暴力主義の同じ地平に「戦うなかれ」という非戦論を望見するのは理の当然である。

『トルストイ百科事典』には「暴力による悪への無抵抗」の項目があり、そこには愛と善の正反対である暴力について次のように書かれている。

「トルストイにとって暴力は愛と善の正反対である。『……暴力を行う——それは暴力を受ける者が望まないことを行うことを意味する……』暴力は絶対的な悪であり、それは益々『人間の精神が他の存在ならびに神と合一する』ことに存する真の生活を人々から奪うものである。そして『人類に暴力の戒律を愛の戒律に替え』させる生活はただ隣人愛に叛く行為の抑制を強めることによって、また暴力による悪への無抵抗という戒律に従うことによってのみ獲得できるのである。」（Y・プロコプチュク執筆。）

この百科事典にはまた、トルストイが暴力をあらゆる強制・強要と同一視して、暴力による悪への無抵抗を人間の生活のあらゆる領域に適用したことが指摘されている。「彼は生きとし生けるものに害を与えないという原則を堅持して、自然との関係に於いても暴力による悪への無抵抗という掟を遂行しようと努めねばならないことを証明した。他人との関係に於いても、彼らに侮辱を許し、自分の中の敵意と憤怒を抑えることによって。国家（専制政治、戦争、迫害の主要な根源）との関係に於いても、その事業への不参加を打ち明けることによって、傍点ルビは引用者。」（同。）

ここで『考え直してみよう』に立ち返れば、トルストイの日露戦争に対する態度をより深く知ることが出来るのみならず、そこから類推される、現下のプーチン戦争に対する文豪の態度も知ることが出来る。

その十の書き出しにトルストイは「だが私たちに襲い掛かる敵をどうしたらよいのか」と問う。それにも拘らず、その答えは相変わらずであり、キリスト教や宗教をめぐるものである。その問答が行き着く先はここでも非戦論であり、福音書である。『考え直してみよう』は一貫してそうした思想で書かれている訳である。

その十一では日露戦争の惨状が文豪の筆によって鮮やかに再現される。

「私はこの論文を終えようとしていたが、そのとき六万の無辜《むこ》の命がポルト・アルトゥール（旅順港）の向こうで滅びたという知らせが来た。おそらく、こうした不仕合わせな、欺かれた、恐ろしい死で何のためにと言うこともなく滅びた人々の無益な苦しみと死は、この滅びの原因になった人たちをたしなめたに違いない。私はマカーロフや他の将校たちのことを言っているのではない――こうした人たちは皆、自分が何を何のためにするのかを知っていた、そして自由意志で、利益のために、名誉心から、明らかな、だが暴露されることのない、愛国心という嘘によって――嘘は全般的なことであるという理由だけによって――行ったことを行ったのである。私が話をしているのは、ロシア中から集められた不仕合わせな人々のことであり、彼らは宗教的な欺瞞の助けにより、また刑罰の恐怖下で、その正直な、理性的な、有益な労働の、家庭の生活から断ち切られて、世界の別の端に追いやられ、殺人という残酷で馬鹿げた機械に送られ、粉々に粉砕され、その馬鹿げた機械と共に遠い海で溺死させられたのである。何の必要もなく、何の役にも立たず。（……）これがあり得たこととは思えない、そしてそれがあんなに馬鹿げていて、かつ恐ろしいのだが、それはあったのだ。一家の養い手であった六万の命があの海で滅びたのだ。そして今も同じことが起こっているのだ。（……）

日本人を満洲に入れないように、そして彼らを朝鮮から追い出すためには、おそらく、一万人でなく、五万人かそれ以上が必要になるだろう。そのためにはロシア側だけでも五万人以上が必要だと、ニコライ二世とクロパトキンが、ディビッチのように、口に出して言っているかどうかは私の知るところではない。だが彼らはそう思っているし、そう思わない筈がない、なぜなら彼らがやっていることは自明だからである。

何千人もの数で今、極東へ運ばれていく不仕合わせな、欺かれたロシアの農民の、この留まるところのない奔流――それはニコライ・ロマーノフとアレクセイ・クロパトキンが殺し、そして殺すであろうと決めた人々であり、その目的は中国と朝鮮で不道徳な、虚栄心のある連中がしでかした愚行と強奪行為を下支えすることであった。そうした人士が今、自分の邸宅に安閑と座して、何の罪もない、自分の苦しみと死によって何の得るところもなかった不仕合わせな、欺かれたロシアの労働者から新しい利益と儲けを期待しているのだ。」（その十一。）

これはまだその十一の書き出しに過ぎない。その全体、そしてこの論文全体を読みたい方は北御門二郎の訳書『胸に手を当てて考えよう』を繙《ひもと》かれたい。同氏は河出書房新社版トルストイ全集の訳者である中村白葉の訳文に異を唱えて一書も成し、一九八〇年代のある年、日本ロシア文学会の年次大会にご足労の上、トルストイの訳者・研究者も居並ぶ会場で中村白葉はじめ学会筋によるトルストイの翻訳を敢えて批判された。それは余程の自信がないと到底できることではない。その訳書（トルストイ「心訳」シリーズ）の巻末には「わが若き日の〝戦争との戦争〟の思い出」という一文が添えられている。そこにはトルストイの非戦論を文字通り人生を賭けて実行した人が真面目《しんめんもく》を発揮した趣がある。

このように書き出されるその十一では大作家の筆によってロシア側から見た日露戦争の実情が伝えられ、当時の戦場であった極東の情景が蘇る。先の引用文に続く数行には、それは今次のプーチン戦争のことではないかと思わせるような件《くだり》が読まれる。

「ロシア人が何の権利も有していない他人の土地、それは合法的な所有者から強盗のように奪取したものであり、それはまた、実際、ロシア人には必要なものでないのだが、その土地のために、それとまた、更に朝鮮の他人の森で金儲けをしたいと思った山師たちの何やら怪しい事業のために、何百万ルーブルという巨額の金銭が使われるのであるが、それは全ロシア国民の労働の大部分なのである。そのためにまた、この国民の将来の世代が借金を背負う奴隷になり、国民の最良の働き手が労働を奪われ、何万人というその息子たちが無慈悲にも死の運命に晒されるのだ。そしてこうした不仕合わせな人たちの滅びは既に始まっているのだ。加えて、戦争はそれを企《たくら》んだ連中によってひどく拙劣に、無造作に遂行されている。万事の予見がひどくお粗末であり、準備されていないので、ある新聞が言っているように、ロシアが成功する主要な勝算はロシアに無尽蔵な人的資源があることに存する。何万人というロシアの人たちを死に送り込む者どもはそれを当て込んでいるのである。

あけすけに言われる――我が艦隊の傷ましい破滅は陸上で報復されなければならない。ロシア式にはこれは次のことを意味する。すなわち、もし首脳部が海上で粗野な采配の採り方をし、自分の怠慢によって何百万という国民の金だけでなく、何千人という命を失ったのなら、我々は陸上で更に数万人に死を宣告することによってこれに埋め合わせをつけるのである。」（その十一。）

極東をウクライナと読み替えれば、これは一九〇四年に始まった日露戦争ではなく、二〇二二年に始まった現下のウクライナ戦争に於けるロシアの実状を書いているようにも受け取れる。敵地で軍部のやることは、どの戦争でも似通っている。軍の上層部がお粗末なように、その末端には私利私欲を図る分子が必ず居る。だからして戦争には戦争犯罪が付き物である。まして、先日その張本人が戦争犯罪人に処断されたプーチン戦争では。

戦争犯罪をなくするには戦争自体をなくさねばならない道理である。目に余るロシア軍のウクライナ市民に対する無慈悲な攻撃も、戦争が続く限り止むことはない。この件にはまた、戦争では双方が疲弊し荒廃するすることも例証している。経済面でも、生活面でも、負担や犠牲は現在の世代だけでなく、将来の世代にも押しかぶさる。「ロシアの主な勝算は無尽蔵の人的資源」と言うに至っては、疲弊・荒廃の極みと言わねばならない。だがそれは日露戦争だけのことではない。トルストイによる日露戦争の疲弊・荒廃の描写は目下のロシアとウクライナ双方の現実と二重写しになる。戦禍の「埋め合わせ」についての議論は、ロシアとウクライナの双方による報復合戦の無間地獄を予想させる。開戦一年の時点で、それは既にとっくに始まっている。いや、畢竟すれば報復合戦は開戦と同時に始まっている。従って、報復合戦を止めるには、戦争自体を止めるしかない。事程左様に戦争とは厄介で始末に負えない代物である。だが、そう言って済まされることではない。時々刻々に犠牲者は増え続け、軍人にも市民にも死者は累積しつつある。開戦一周年の二〇二三年二月末、ロシア軍の大規模攻撃の動きやその懸念が報じられていた。高みの見物をするだけの身も辛く悲しい。

結び（その十二）の冒頭の件には、著者が戦争についての論文の最後の数葉を発送するや否や、新しい悪業に関する恐るべき知らせが届いたことが書かれている。その悪業をロシア国民に対してしでかしたのは、軽薄な、権力を手にしたために分別を失くした者どもであり、彼らは国民に命令をする権利を自分たちに授けたのである。

「またもや、こうした取るに足らない、しがない人間どもが数千人の立派な、善良な労働者たちを恐ろしく苦しめて殺したのだ。だがその労働者たちは連中を養っていたのである。そしてまたもや、この悪業はこの事件の張本人たちをして考えこんだり悔い改めたりさせはしなかったのみならず、我々が聞いたり読んだりすることはと言えば、ただ、どうやってもっと手っ取り早く一層多くの人間を不具者にしたり殺したりして、ロシア人や日本人の家庭を如何にしてもっと荒廃させるか、ということだけなのだ。」（十二、傍点ルビは引用者。）

このまたもやはこのページにもう一度、少し前に読まれる。そのことはこうした現実が戦時下では常態であり、こうした不幸が戦争には付き物であり、戦争の常であることを示していよう。今次のプーチン戦争、ロシアのウクライナ侵略戦争でもそうした事例は多発している。本来の軍隊同士の戦闘ではない、軍事関係の様々な派生的事件が幾度となく報道されている。ロシア軍によるウクライナ市民の攻撃もその部類であるが、それは凄惨を極めている。プーチンの言う、ウクライナ東部諸州のロシア系住民のジェノサイド（大量殺戮）とやらはとっくに噴飯ものになっている。軍隊同士の戦闘でない、ウクライナ市民の荒廃や疲弊を狙った無差別攻撃は事実上の無差別殺人であり、正にプーチン言うところのジェノサイドに他ならない。自己矛盾もいい所である。だがそれはプーチンが今になって始めたことではない。彼はジエノサイドの常習犯である。それはＫＧＢの元職員であった彼がチェチェン紛争で手を染めた禁じ手であり、その汚い手を彼はシリア内戦などでも使い、其の焦土作戦によってチェチェン共和国の国土を「更地」にしてしまい、無数のチェチェン人を殺してその独立派を封じ込めてしまった。余り報道されていないが、シリアでのプーチンのやり口もそれと同じだったと報じられている。その一方で、そうした自身のやり口に異を唱えるロシア国内の反対派、反体制派も同じ掃討作戦で封じ込める。ジャーナリズムの統制、ジャーナリストの投獄や暗殺はプーチンの常套手段である。独立系新聞『ノーヴァヤ・ガゼータ』（「新報社」）の監視、その女性記者アンナ・ポリトコフスカヤの暗殺、元ＫＧＢ職員リトヴィネンコのロンドンでのノヴィチョクという放射性物質での暗殺、そして近くは反体制派の指導者ナヴァリヌイ氏の毒殺未遂事件（オムスク）と投獄。それらは国外と国内とを問わず、掃討作戦、と言えば聞こえは余り悪くないが、その実は皆殺し作戦である。そうした手荒な事例はプーチン政権下では枚挙に遑《いとま》がない。ウクライナ侵攻はプーチンのそうした暴君ぶりが隣邦ウクライナに向けられた事例であるに過ぎない。民間の軍事請負会社ワグネルによる、悪逆非道な無差別殺人もプーチン一流の無差別掃討作戦のお墨付きを得たものである。戦時下ではどこまでが本来の軍隊同士の戦闘であり、どこからが戦争の派生的事件であるかの線引きは至難の業であり、現実には事実上、不可能の様相を呈している。

「そして開始された恐ろしい戦争は続いている。強奪、暴力、窃盗、そして、大事なことは、最も恐ろしい嘘である。――キリスト教と同じく、仏教の宗教的な教えの歪曲である。」（その十二。）

戦争は最高悪である故に、その「麾下《きか》」の諸悪を誘発し、悪魔大王が家来の小悪魔どもを解き放つ。ウクライナでもロシアの大小の悪魔どもの所業は、連日そして一年じゅう報道されているように酸鼻を極めている。その惨《むご》たらしさは言語に絶する。プーチンには自国の国民もなければ、その言うところの隣国ウクライナの同胞もない。そういう人物を首相にし、大統領に選ぶロシア国民も責任を問われねばならない。まして、一期ならともかく、「ともだち」のメドヴェージェフを繋ぎに挟んで終身大統領を狙う人物を許容してきたロシア国民は罪深い。長年に亘り自身に批判的なテレビ局、新聞社、通信社などを次々と容赦なく活動停止にし、その記者らを逮捕、投獄、暗殺してきたプーチンが次に何をやらかそうとも不思議ではない。そんなプーチンに自分たちの目を塞がれていたとは言え、二十年もの長きに亘れば、国民は薄々真実に気づく筈である。政治の危険性を大目に見る、権力の恣意に許容的な態度で臨むことの危険性を「『このぐらいは』の怖さ」という題で指摘した新聞の社説がある。その中の「空しいゴルビーの『遺言』」という小見出し下に次のように読まれる。

「しかしその後のロシアを見てください。今や、プーチン大統領は事実上の独裁者です。真の自由選挙も報道の自由も失われ、『悲劇的な苦痛』の代償として一度は民衆が手にしたはずの民主主義的な成果は、ゴルバチョフ氏の願いも空《むな》しく、もはや、今やどこかに霧消してしまっています。（中略）

プーチン氏も最初から今のようなプーチン氏ではなかったはず。非民主主義的な政策や振る舞いにも、国民が『このぐらいは』『あの程度なら』」と油断し、許容するうち、民主的な成果は次第に失われていき、気が付けば、指導者がツァーリ『皇帝』に擬せられる強固な権威主義国家になっていた、ということなのではないでしょうか。」（「『このぐらいは』の怖さ」――週のはじめに考える――、東京新聞、二〇二三年一月二十九日、日曜日、社説。）

これはプーチン下の現代ロシアで国民が嵌っている陥穽を的確に把握した、時宜を得た指摘、諫言であり、警鐘であると筆者は受止める。トルストイの民話『火の不始末は火事の元』にも「火は初めに消さねばならぬ」という思想がある。長年にわたり暴君プーチンを放置したロシア国民の罪は重い。多分にその不作為が「火事」というプーチンのウクライナ侵略戦争を引き起こしたからである。それこそ、ロシア国民が、そして世界も「このぐらいは」「あの程度なら」と油断し、許容するうち。

そうした警鐘は国際社会にも向けられねばならない。時事通信者の元記者は書く。

〈ロシアに見抜かれた（NATOの）弱さ〉

今回のロシアのウクライナ侵攻は、二〇〇八年のグルジア侵攻のやり方と共通点がある。反政府勢力を支援して、分離独立地域を作るやり方が特にそうだ。グルジア侵攻の際の米国や、米国が盟主のNATOの「主権の侵犯」に対する反応は弱く、ロシアのウクライナ侵攻はこれに味を占めた嫌いがある。（中略）

二〇一四年にはウクライナで親ロシア政権がクーデターによって倒され、その翌月、ロシアは南部クリミア半島を一方的に占拠、自国領土に加えた。その二か月後にウクライナ東部のドンバス地方で親ロシア派勢力とウクライナ政府軍の間で戦闘が始まり、前者へのロシアによる「非公然の」兵力や武器の提供もあり、戦いは泥沼化した。欧米はロシアに対して経済制裁を加えたが微温的なもので、ロシアは西側の「弱腰」を再認識したようだ

った。（中略）

そして極め付きは二〇二一年八月のアフガニスタンからの米軍および欧州NATO諸国の撤退だった。

ロシアのプーチン大統領は、米国など西側諸国の弱腰とも取れる態度、それが引き起こす混乱をじっと見ていたに違いない。そうした中で今回のウクライナ軍事侵攻に踏み切ったと見られる。」（村上直久『NATO　冷戦からウクライナ戦争まで』、平凡社、二〇二二年、傍点ルビは引用者。）

独裁者プーチンに対してロシア国民が微温的な態度を取ってきたように、国際社会も弱腰外交を繰返してきた訳である。引用文の（中略）の箇所では、シリアの内戦に欧米が中途半端な介入をして、米国のオバマ政権が武力制裁をためらったため、ロシアが黙認する中でアサド政権が化学兵器を使って犠牲者を出したことが述べられている。プーチンの暴挙に対してNATOはじめ西側諸国が幾度もの場合に黙認や沈黙に終始したことが今次のウクライナ侵略戦争を許してしまった側面は否めない。

『考え直してみよう』の事実上の結語の冒頭にトルストイは次のように書いている。

「戦争に就いての自分の論文を、もしその主要な思想を補強するもの一切をそこに収録するとしたなら、私は決してそれを終えることがないであろう。日本の戦艦が撃沈されたというニュースが伝えられたが、ロシアの著名で富裕な知的社会のいわゆる最上層部では、何らの良心の呵責もなく、何千人と言う人命が失われたことを喜んでいるのだ。」（その十二）

そしてこの後に最下層社会の人間である水夫の手紙を示して、作家はこの論文を閉じている。そしてその差出人のアドレスは旅順港である。トルストイはこの感じのよい、真面目な、真に教養のある人間に直《じか》に返事をすることは出来ないが、二人の間には交流の手段があり、その手段というのは神であり、二人はその神を信じ、その神にとっては軍事「行動」が望ましくないことを二人とも知っている、と書く。そしてこの思想は、この論文の題名に掲げられた『考え直してみよう』という福音書の思想にほかならない。題名は結語に通じて、論文は首尾一貫する。この論文はトルストイが終始一貫して説く不動の非戦論である。

プーチン戦争も今や一年を過ぎて、事態は泥沼化し、拡大の一途を辿っている。プーチンのウクライナ侵攻（いわゆる「特別軍事作戦」）がれっきとしたウクライナ侵略戦争になり、事実上ウクライナを支援するＥＵやＮＡＴＯや西側諸国、民主主義陣営と権威主義陣営の戦争にまで発展している。「開戦」当初、いや侵攻当初に早くも危惧された第三次世界大戦は事態が最悪の展開を見せた場合のシナリオとして理解されたが、今やそれはかなりの現実味を帯びてきた。ＮＡＴＯ諸国がウクライナに各種の高性能戦車を供与し始めたのに対して、プーチンは戦術核を事実上の同盟国ベラルーシに配備する動きを現実化させている。歴史人口学者のＥ・トッドは早くも二〇二二年六月に『第三次世界大戦はもう始まっている』という本を出版している。（文春新書。）とは言え、「『ウクライナ問題』をつくったのはロシアでなくＥＵだ」（第二章の小見出し）、「『ロシア恐怖症』は米国の衰退の現れだ」（第三章の小見出し）というトッドの意見は必ずしも正鵠《せいこく》を得たものとは言えないが。少なくともそれは西側諸国の隙《すき》や盲点がそこにあったことの反省材料にはなろう。

欧米も日本も、こうした指摘も念頭に置いて、それこそトルストイ流に『考え直してみ』ねばならず、「胸に手を当てて考え」ずには済むまい。

日本では――

日露戦争は日露両国でその後の国体形成の上で少なくとも一つの大きな契機になった。

北御門二郎は訳書『胸に手を当てて考えよう』（地の塩書房、一九九二年）の序文に次のように書いている。

「トルストイに帰れば、『懺悔』以後の、否、正確には『アンナ・カレーニナ』以後の彼は、倦むことなく絶対的非暴力の理念を説いた。「また例の非暴力非服従か、聞き飽いたと言われるかも知れないけれど、やっぱり私は黙っていられない」と言った。ルカ伝十九章でイエスは「人黙（もだ）さば石叫ばん！」と言っているが、トルストイも石になっても叫ばずにはいられなかったのである。その彼が、一九〇四年、その死の六年前に、こともあろうに足元では日露戦争という事態が勃発した時、どうして叫ばずにいられよう。その叫びがこの書の内容なのである。最初その叫びはロシア国内にては発表を許されず、イギリスに飛んでロンドン・タイムズ紙に英訳されて世界中に紹介されたが、日本では一九〇四年（明治三七年）八月七日、安部磯雄や幸徳秋水らが発行していた『平民新聞』に『反省せよ』と題してその英訳からの重訳が発表されている。（中略。）当時どれだけの日本人がそれを読んで戦争の非を悟ったか知る由もないが、とにかく少人数でも日本にもトルストイと呼応して、日露戦うべからずの声を上げた、良心と勇気に富んだ人々が確かにいた事を知るだけでも嬉しい。」（北御門二郎訳、前掲書、一一―一二頁。）

既述のように、日本側で日露戦争の主戦論を牽引したのは「七博士」らであったが、北御門は後に、自身が一九三三年（昭和八年）に東大に入学した時の総長小野塚喜平次が三十年前のその「七博士」の一人であったことを知り、次のように書いている。

「結局その頃の東大は、人殺しを悪と思わぬ、御用学者どもの巣窟であったとすら言えるであろう。その小野塚喜平次を総長と仰ぐ東大のいわゆる学問に、私がひどく幻滅を感じたのも無理はなかったと想う。安部磯雄や幸徳秋水や内村鑑三らは、そうした大曲学阿世の徒と必死に闘い、そのために秋水などは遂に絞首台の露と消えたのである。政府によってでっち上げられたいわゆる大逆無道がそれで、当時の内務大臣は平沼騏一郎だったと思う。」（前掲書、一二一頁。）

日清戦争に続いて日露戦争に勝利を収めた大日本帝国は行け行けムードで明治、大正、昭和を突き進んだ。それは文字通り「富国強兵」、「殖産興業」の一路であった。そうした軍国主義の末路が太平洋戦争の敗戦であったことは今更言うまでもない。鈴木貞美『日露戦争』（平凡社、二〇二二年）はその序章の小見出しをいみじくも「二〇世紀日本の進路を決めた戦《いくさ》さ」としている。

ロシアでは——

ロシア革命は広義には第一革命（一九〇五年）と第二革命（一九一七年の二月革命と十

月革命）を併せたものである。その内、第一革命の一九〇五年は日露戦争が終わる年であることは、「日露戦争とロシア革命」というテーマの必然性を思わせずにいない。事実、「日露戦争とロシア第一革命」は密接に関連している。

日露戦争でロシアは遼陽、紗河の陸戦で敗れ、〇四年十二月（西暦〇五年一月）には旅順要塞が陥落した。第一革命（一九〇五年革命）の発端となる「血の日曜日」事件は正にこの敗戦による政府の権威の失墜の中で起こったものであった。ロシア軍は一九〇五年二月（西暦三月）陸戦最大の会戦となった奉天の会戦で敗れ、五月にバルチック艦隊が日本海海戦で全滅した。結局ロシアは日露戦争の敗戦国になる訳であるが、それによるロシア政府の権威失墜はロシア革命の機運に拍車をかけることになる。戦勝国の日本が爾後軍国主義の一路を行くように、敗戦国のロシアはそれ以来革命主義を本道とする。日露戦争は交戦した両国にとって直結する次代の進路を決定的にし、軍国日本と革命ロシアをもたらした。

一方で、日本は軍国主義の進路を驀進する。なるほど日本には明治と昭和の間に大正デモクラシーという、近代日本史の本流（かつ奔流）とはやや異質な、亜流のような支流がありはしたのだが。それはともかくとして、日露戦争が日露両国の次代にとってある意味で決定的な役割を果したことは重く受け止められて然るべきであろう。日露戦争の付けは現代に至る日露関係を多分に決定しているからである——太平洋戦争の付け程ではないにしても。

他方で、ロシアは革命主義の一路を行く。「一九〇五年の革命」を解説するある百科事典は「日露戦争と革命の開始」という小見出しから論述を開始している。「一九〇五年の革命」は「第一革命」であり、やがてそれが一九一七年の「第二革命」に繋がっていくことを考えれば、ロシア革命の発端となった日露戦争でのロシアの敗戦がもつ意味は小さくない。これは外交や戦争が内政に対して持つ意味の大きさを知らしめる、近代世界史上の顕著な事例と言えよう。プーチン戦争がその独裁政権の終焉の契機になるかどうかは予断を許さず、その張本人が自国ロシアの日露戦争の敗北から学ぶことは到底期待できまい。期待できるのはただ一つ、この暴君の天寿だけかも知れない。この暴君が「民の声」（ヴォックス・ポプリ）の所産でもあることに、主権者であるロシア国民は今ここで深く思いを致さねばならない。

日露戦争のロシア軍は一九〇五年の二月（西暦三月）最大の陸戦となった奉天の会戦で敗れ、五月にはバルチック艦隊が日本海海戦で全滅する。こうした無惨な戦況を受けて政府批判が奔出し、ストライキの波が更に高まり、農村では農民の地主に対する闘争が大規模になる。更に六月には黒海艦隊の戦艦ポチョムキンの反乱が起こり、反乱が軍隊も巻き込んでしまったことを示し、社会を大きく動揺させた。革命の機運は一気に高まっていく。日露戦争の敗北はロシアの第一革命に言わば堅固な軌道を敷設してしまった訳である。政府はこうした革命情勢に対処するために日本との終戦を急ぎ、八月（西暦九月）にポーツマス条約が結ばれる運びになる。

　第一次のロシア革命は北進する大日本帝国と東進・南下する帝政ロシアという二つの帝国主義国の衝突として起こった。そして第二次のロシア革命（その十月革命）は社会主義革命であった。従って、世界史の巨視的な展望に立てば、二つの帝国主義の衝突が社会主義革命を招来する糸口になったことになる。そして日本の帝国主義はその大きな世界史的潮流の一端を担ったことになる。日露戦争を戦った日本にそうした世界史的変動の一端に参画した意義があったことは、認識を深めるに値する一事であろう。日露戦争は世界史上の一大事件だった訳である。

第五章　コーカサス戦争

『侵攻』、『森林伐採』、『ハジ・ムラート』他

トルストイはコーカサスで二年八か月ほど暮らした。それは一八五一年から一八五四年に掛けてである。それは彼の人生に於いて重要な時代となった。この時代に人生、宗教、人間、文学に対する彼の見方が生成し形成されたからである。後に彼はコーカサスで過ごした時代を自分の「人生の学校」と呼んだ。それはゴーリキーが自身の放浪時代を「私の大学」と呼んで、同名の小説の題名にしたことに通じる。トルストイは一八五一年に二十三歳、一八五四年には二十六歳であった。

コーカサスはロシア南西部の辺境地方であり、山岳地帯である。ほぼ東西に走る大コーカサス山脈の北側はロシアであり、ロシアから見て手前なので、「前」を意味するロシア語の「プレド」を冠してプレドコーカサス（＝北コーカサス）と呼ばれ、山脈の南側は同

じく「向こう」を意味する「ザ」を冠してザコーカサス（＝南コーカサス）と呼ばれる。南コーカサスにはグルジア、アルメニア、アゼルバイジャンという国がある。従ってロシア領になるのは山脈の北側にある北コーカサスである。いちいち「プレド」を冠せずに、普通ただコーカサスと呼ばれもするその地方は、昔も今も独立国ではなく、帝政ロシア時代にもソ連（のロシア共和国）時代にも、また現代のロシア連邦でも、ロシアの一部を成す土地である。

そのコーカサスへトルストイは志願兵として赴いた。それはすなわちコーカサスでは当時も戦争が行われていたことを意味する。トルストイにとってコーカサスは戦争との出会いの地でもあった訳である。このことは後に『戦争と平和』という自身の代表作を書く作家にとって甚だ意義深い。コーカサスは帝政ロシアの一部であったため、いわゆるコーカサス戦争はロシアの対外戦争ではなく、国内戦争、内戦、内乱、Civil War であった。

それは国を二分したアメリカの南北戦争のような大規模なものではなく、日本の幕末維新の戊辰戦争や西南戦争のような国内戦争であった。ただ違いは、コーカサス戦争は一時的や一過性のものではなく、かなり長期に亙った戦争であり、巨視的にはソ連崩壊後のチェチェン戦争もその遥かなる連鎖の一環であると考えられる。チェチェン戦争については『トルストイ百科事典』の編者N・ブルナショアが手ずから執筆を担当して、次のように書いている。

「コーカサス戦争――これはロシアの戦争であり、北コーカサスの鎮圧に向けられ、一八一七年から一八六四年までほぼ五十年間続いた。山岳民族の抵抗は回教の宗教的・政治的元首シャミーリに率いられ、『不信心者どもとの闘い』という聖戦の旗の下に行われた。トルストイは一八五一年六月から一八五四年一月までこの戦争に参加し、『侵攻』、『森林伐採』、『ロシアの兵士はどんな死に方をするか』という短編小説と中編小説『ハジ・ムラート』を書いた。『森林伐採』の冒頭の一ヴァリアントで、彼はこの戦争が何であるかについて、読者の理解に資することを書いている。(中略。それはこの戦争の三つの態様である、侵攻、要塞の包囲、要塞の築造について述べている。――本書の著者による注釈。)コーカサスでトルストイは戦争とは本質的に何であるのかを初めて見て理解し、戦争は殺人であることを永久に自分のために見定めたのである。」(『トルストイ百科事典』。)


四十七年間も文通を続けた莫逆の友である従叔母A・A・トルスタヤにトルストイは次のように書いている。

「……私はコーカサスで暮らしていて孤独で不幸せでした。私は人生で人々がただ一度だけ考える力を持つように、考え始めました。私は当時の私の書きつけを持っていますが、今それを読み返してみて、当時私が到った知的な熱狂に人間が到ることが出来るのだとは理解し得ませんでした。それは苦しくもあり素晴らしくもある時代でした。それ以前にも、それ以後にも私はそうした思想の高みに到ったことはありません……。」（『トルストイ百科事典』。）

　コーカサス行きの手紙の動機については、トルストイは後年、三親等の再従叔母T・A・ヨルゴリスカヤへの手紙に包み隠さず述べている。

「……コーカサス行きという、熟慮の上ではなかった私の決心は上から私に吹き込まれたものでした、私は神の手によって指導されたのです――そして私は神に深く感謝しています、――私はそこで以前より良くなったのだと感じています（そう言うだけでは足りません、私はそれほど悪かったのです）。そこで私の身に何が起ころうとも、すべては私にとって幸いなことです、なぜならそれは神の意志だからです。――ひょっとしてこれは不遜な考えなのかも知れませんが、私の確信はそうなのです。ですから私は倦怠も、喪失も辛抱します、そのことには私は既に触れました（もちろん、肉体的なことではありません、二十三歳の健康な若者にとって、それはあり得ません）、そうした倦怠や喪失を感じずに、恰も喜ばしいことであるかのように、私を待ち受ける幸福を思いながら、辛抱します。」（同、傍点ルビは引用者。）

コーカサスでトルストイは軍人になり、作家にもなったが、自身は人間としての成長と人格の形成を何よりも重視している。そのことは、自身がコーカサス以前は「悪」かったが、以後は「良」くなったという自覚から来ている。この「悪」かったという自覚はカザン大学を中途退学してからコーカサスへ行くまでの四年間のトルストイ自身の反省である。それに関して筆者は拙著『トルストイ　大地の作家』の「第三章　コーカサス時代」の冒頭に次のように書いている。

「カザンを引き払ったトルストイは一八四七年から五一年まで、ヤースナヤポリャーナで暮らし、家政を切り盛りする。それは十九歳から二十三歳までの四年間であった。その一方でトゥーラ、モスクワ、ペテルブルグで社交生活に興じもする。（中略）

だがこの時期トルストイは両都に滞在して今に言う〝就活〟に専念していた訳ではなく、その遊び癖が鳴りを潜めず、首都から兄セルゲイ宛ての手紙には賭博で所持金をすってしまったので、ヤースナヤの執事アンドレイに申しつけて領地の森を売らせ、その金を女中のアガーフィアに持たせてよこすよう頼んでもいる。その身には貴族の若旦那の遊蕩ぶりも健在だった訳であり、青年トルストイの言わば〝失われた四年〟は迷走という印象を排するものではない。」（『トルストイ　大地の作家』、糸川紘一著、東洋書店、二〇一二年。）

「トルストイとコーカサス」というテーマではレフ・トルストイの長兄ニコライ・トルストイを措いて語ることが出来ない。なぜならレフ・トルストイはコーカサス行きも志願兵としての出征も、この長兄に負うているからである。この兄ニコライは弟レフ同様、感受性が豊かで、文学的センスにも恵まれ、『コーカサスの狩猟』他の中編小説を書いている。それはレフ・トルストイの処女作『幼年時代』（一八五二年）が掲載された首都の文芸誌『現代人』に兄ニコライの原稿を弟レフが持ち込んで掲載された（一八五七年）ものである。その原稿について編集者のネクラーソフは、兄ニコライは弟レフより「言葉の取扱いがしっかりしている」と述べたという。

レフもニコライも、その文才は母譲りであったと考えられる。なぜなら母マリアもS・リチャードソンの『パミラ、または美徳の報酬』のK・ゴリドニによる模倣作『パミラ』をイタリア語からフランス語に翻訳し、自作の中編小説『パミラ、または例外なしの規則なし』を書いているからである。母マリアは英・仏・独・伊の四か国語に精通していた。トルストイの生母マリア（思わずイエス・キリストの聖母マリアを想起するのも故なしとすまい）は文才はじめ、多方面の才能に恵まれていたことが知られている。ただ、不幸なことに、「佳人薄命」と言われるように、母マリアは短命で、一八三〇年に四十歳で亡くなった。その時三男のレフ（一八二八年生まれ）はまだ二歳であり、従って、レフには母親の記憶がなかった。長男のニコライ（一八二三年生まれ）は七歳になっていたので、子供たちのうち唯一人、生前の母マリアを知っていた。その点でも弟レフにとって兄ニコライは大事な存在であったという。そしてこれまた不幸なことに、その兄ニコライは一八六〇年に三十七歳で他界する。結果的にこれまた母譲りになってしまった訳である。

有能で勤勉な生徒だったニコライは一八三九年にモスクワ大学哲学学部数学科に入学し、一八四一年に首尾よく三年次に進んだが、一家のカザンへの転居に伴いカザン大学の数学科の二年次に移り、一八四四年に大学の課程を修了する。レフの次兄セルゲイもモスクワ大学の数学科に学んでいる。そのことは、地主貴族の子弟の学歴事情を考える時、興味深い。いわゆる理工系の職業に就くのでもないのに、数学科で学ぶということは、数学科が哲学学部の中にあることも考え合わせると、地主貴族の子弟は純然たる教養目的で数学を学んでいたと思われる。『戦争と平和』（一―三―五ほか）で、ニコライ・ボルコンスキー老公爵が娘の公爵令嬢マリアに算術を教える場面があるが、この公爵も大学の数学科に在籍していたという設定であろうことが推測される。トルストイの長兄ニコライは大学を卒業すると、軍務に就き、一八四五年から一八五八年まで砲兵隊で勤務し、最終的に退役になる。

一八五一年の春、兄ニコライはモスクワからコーカサスに配転になる。その年の春から、折しもヤースナヤ・ポリャーナに休暇で帰省していたこの兄と一緒に弟のレフが軍務に就く決心をし、兄に同行してコーカサスへ行く。当時レフの生活は頗る「乱脈かつ放埓だったので、生活が如何様《いかよう》に変わろうとも、覚悟が出来ていた」のであった。レフ・トルストイがコーカサスの軍人になった顛末は概略この通りである。

ミルトンに擬すれば、カザン大学を中退した後の四年間はトルストイにとって言わば「失楽園」の時代であったが、その後のコーカサスでの二年八か月は、反対に、言わば「復楽園」の時代であった、なるほどそこはコーカサス戦争の戦地であり、戦場でもあったのだが。前述の、それまでは「悪かった」、そしてそれ以後は「良くなった」という自覚は、その二つの時代を比較対照することで生まれている。

スタログラトコフスカヤ

これはコサック村（コサックの大村落）であり、レフとニコライのトルストイ兄弟は一八五一年五月三十日にここに到着した。ここにはニコライが勤務していた第二十砲兵旅団の第四砲兵中隊が駐留していた。これは（コーカサス山脈の尾根《グレーベン》に由来する）尾根《グレーベン》コサックの最古の、だが最大ではないコサック村の一つであり、テレク川（川から一キロほど）の左岸に位置し、テレク川に沿ってボリシャーヤ・チェチニャとの境界線が通っていた。このコサック村、その生活とその住民はトルストイの中編小説『コサック』に描かれているが、そこではコサック村がノヴォムリンスカヤと呼ばれている。レフ・トルストイがコーカサスからヤースナヤポリャーナなどの家族や親族に出した手紙にはこのコサック村に触れたものが少なくない。また『侵攻』などの短編小説や中編小説『コサック』にはここの描写と考えられるものが多々ある。

「ロシアの中部地区に於ける農村の赤貧で貧弱な情景に慣れていたトルストイは、スタログラトコフスカヤの景観を見ただけで早くも感動した。一八五一年にこのコサック村は約千二百人の住民を有する（尾根地方に典型的な）かなり裕福な村であった。堅固で手入れの行き届いた家、そして商人の店や礼拝室がある中央の大きな広場。このコサック村は濠と垣根に囲まれ、垣根の両側の出入口の所には門があり、門の近くには昼も夜も哨兵が立っていた。そしてただこの門を通ってのみコサック村に入ることが出来た。哨兵は川岸寄りの場所にある見張り櫓《やぐら》にも立っていた。このコサック村には弾薬庫や兵営があった。周囲の森には多くの野鳥が生息し、テレク川には魚がふんだんにいた。

スタログラトコフスカヤでトルストイは三部作『幼年時代』、『少年時代』、『青年時代』を書き始めた。ここで短編小説『侵攻』が書き上げられ、『森林伐採』、『ロシアの地主の小説』、未来の中編小説『コサック』及びその他の作品が書き始められた。若い作家の二年半以上の生活がこのコサック村と結びついていたのである。彼は軍事行動に参加し、ここから『遠征』(「侵攻」、「行軍」)に出かけた。自由な時間には狩りをし、コサックたちの生活について知識を得た。兄弟たちや「叔母さん」への手紙に彼は時々コサック村での生活、同僚たち、自分の暇潰しのことを書き、「忌まわしい、退屈なスタログラトコフスカヤ」で「とても退屈で、しばしば憂鬱にさえなる」と書いている。

一八五四年一月十二日、トルストイはドナウ軍へ自分が配転になることを知り、翌日には将校への彼の昇格の知らせが届き、その数日後、一月十九日に彼は永久にスタログラトコフスカヤを後にする。」(『トルストイ百科事典』。)

ボリシャヤ・チェチニャ(チェチェン)

「これはコーカサスの北東部に位置する山岳地帯であり、そこにはチェチニャ人(チェチエン人)が住んでいる。トルストイの二年半の生活はこの土地と緊密に結びついている。コーカサス戦争の時代、彼はチェチニャ(チェチェン)での軍事行動に参加した。最初は志願兵としてであったが、そのあと砲兵隊に勤務し、侵攻と森林伐採で数回の会戦に参加した。『侵攻』、『森林伐採』、『ロシアの兵士はどんな死に方をするか』という短編小説、「少年読物」の中の短編小説『コーカサスの虜』といったトルストイのコーカサス物の作品の事件はボリシャーヤ・チェチニャで展開している。チェチニャ人（チェチェン人）の間にトルストイには知人や友人（クナーク、盟友）が居た。作家の日記、創作ノートには彼らの名前、また同様に部落やロシアの要塞の、そしてチェチニャ（チェチェン）の、なかんずくグローズナヤ要塞――現在のチェチニャ（チェチェン）の首都グローズヌイ――の名称が挙げられている。」（『トルストイ百科事典』。）

日本語で「チェチェン」と言っているのはロシア語では「チェチニャ」Чечняである。それは女性名詞なので、それに「大」という意味の「ボリショイ」を被せる際には、その女性形である「ボリシャヤ」Большая としなければならない。日本語では「チェチェン」と言って、「チェチニャ」とは言わないが、それに「大」の意味を被せる場合、男性形のボリショイをそのまま被せると、「ボリショイ（男）・チェチニャ（女）」となり、文法上の性が一致しない。男性系の形容詞と女性形の名詞が地名を示す一つの固有名詞となって、ロシア語としては文法破壊になる。その不都合が今まで不問に付されてきたのは、「大チェチェン」を意味する「ボリシャーヤ・チェチニャ」Большая

Чечняを日本語に移す必要性が殆どなかったからであると考えられる。「必要は発明の母」と言うが、発明ではなくとも、必要は何かの変更・変化を促す道理である。

グローズナヤ（現代の都市グローズノエ）

「これはコーカサスに於けるロシアの要塞で、テレク川の支流スンジャ川の左岸のボリシャーヤ・チェチニャにある。一八一八年、A・エルモーロフ将軍の時代に基礎を置かれた要塞の一つ。（トルストイが逗留した）一八五〇年代、これは大きな都市型小居住区（ニュータウン）であり、軍事作戦の中心地であった。グローズナヤには武器庫と食糧倉庫、病院、大型商店などが配置されていた。グローズナヤはトルストイの日記や手紙で言及され、また中編小説『コサック』と『ハジ・ムラート』で描写されている。そして短編小説『侵攻』でトルストイは、名指しこそしないが、この要塞を描写している（第五節、第六節）。」（『トルストイ百科事典』、傍点ルビは引用者。）

この解説の末尾で指摘される『侵攻』の該当箇所は次の件である。

『侵攻』、第五節

「夕方の六時過ぎ、私たちは埃まみれになり、疲労困憊して、NN要塞の厳重に防御された広い門を潜った。太陽は正に沈もうとして、絵のように美しい小砲台や、高いポプラの聳える要塞周辺の果樹園や、播きつけの終わった黄色い畑地や、雲を頂く山々の上に群がって、まるでその真似をするように、負けず劣らず怪奇な美しい連鎖を作っている白い雲の上に、その斜めでバラ色の光線を投げ掛けていた。」

『侵攻』、第六節

「慌てて馬に跳び乗って、私は逸散に分遣隊の後を追い始めた。

後衛はまだ要塞の門の所に居た。私は砲や、弾薬車や、中隊行李や、声を振り絞って合図をしていた将校たちの間を無理矢理に押通って、橋を渡った。門外へ出ると、私はだく足で、殆ど一キロも続いて闇の中を黙々と動いて行く隊を追い越して、将軍に追いついた。」

(トルストイ二十二巻全集、第二巻、モスクワ、「文学」出版所、一九七九年、傍点ルビは引用者。)

これらは『トルストイ百科事典』の「グローズナヤ」の描写と一致する。百科事典の編者N(ニーナ)・ブルナショアは「トルストイとコーカサス」というテーマの権威者であり、百科事典のコーカサス関係の解説は殆どが彼女の筆に成る。今から十数年前(二〇〇六年)、国際トルストイ学会がコーカサスの要都ピャチゴルスクで開催された折、本書の著者もそれに参加し、ブルナショアさんも加わった一行は同市のトルストイゆかりの地巡りをする機会に恵まれた。「コーカサスのトルストイ」を知り尽くした彼女はトルストイ学会の重鎮であり、百科事典では『戦争と平和』関係項目の解説も多くは彼女の記事である。さればこその百科事典の編者であると言えよう。コーカサスはトルストイの「文学事始め」の土地であり、『戦争と平和』の淵源も多分にコーカサスにあると言えることなのであれば。同氏の訃報（二〇一九年）はトルストイ学会にとって寝耳に水であった。

N・ブルナショアは『侵攻』の第五節と第六節に描かれた要塞の原形はチェチェンのグローズナヤ（現在のグローズヌイ）の要塞だとするが、『侵攻』はその第六節の後半から、言わば「戦争に突入する」趣を持つ。そこに仕組まれた「要塞から戦場へ」という結構・構成も小説に興趣を添えている。

「戦争？　何という不可解な現象であろう？　理性が自分に向かって——それは正しいことであるか、必要なことであるか？　こういう問題を課する場合、心内の声は常に答える——否と。ただこの不自然な現象の一つの持続性が、これを自然らしくし、自己保存の感情が、それを正当なものとするのである。」（同、傍点ルビは引用者。）

『侵攻』では「自然と人生」が時に調和として、時に対峙として描写されているが、ここで「人生」は多分に「戦争」であるところから、一編は「自然と戦争」をテーマにしている。そして「自然と戦争」を巡る若いトルストイの思索は弥が上にも深い。

「自然はいかにも協調的に、美と力とに息吹いていた。

いったい人間は、この美しい世界、この限りない星空のもとで、尚も生きて行くことが窮屈なのだろうか。いったいこの魅惑的な自然に包まれながら、人の心は邪悪、復讐、ないしは自分と同じ人間を滅ぼそうとするような情熱を持ち得るのだろうか。人の心にあるすべての邪《よこしま》は、美と善との最も直接的な表現である、この自然との接触によって、消え去るべきものと思われるのに。」（同、第六節。）

『侵攻』は志願兵の「私」を語り手にして進められるが、その基礎には一八五一年の夏の、山民の部落へのロシア部隊の侵攻がある。そしてこれは志願兵としてコーカサスへ到着したトルストイの最初の戦争小説であり、作者の体験を踏まえて色濃く白伝的である。小説ではロシアの部隊が山中の部落に侵攻し、無人になった村落を兵士たちが包囲して掠奪し、部隊が帰還する顛末が描写される。その際、部隊には森で待伏せする山民との衝突が差し迫っていた。この衝突では初めて軍事作戦に参加した少尉補アラーニンが瀕死の重傷を負って死に、それが彼の人生の終わりになり、小説もフィナーレとなる。同じことが『一八五五年八月のセヴァストーポリ』でも起こり、十七歳のヴォロージャ・コゼリツォフが最初の会戦、かつ自身の初陣で死ぬ。そして『戦争と平和』でも十五歳のペーチャ・ロストフがやはり最初の会戦で死ぬ（モスクワから退却するフランス軍を討つパルチザン戦で弾丸がペーチャの頭を撃ち抜く）。『戦争と平和』の一エピソードがコーカサス戦争の小説に端を発する、その遠大な生成を示す事例がここにもある。正に「ローマは一日にして成らず」であり、『戦争と平和』という雄編はトルストイの戦争小説の集大成として成った。コーカサスでのトルストイの「文学事始め」はこのように実り多い発展を遂げる。それについて筆者は旧著に次のように書いている。

「トルストイの〝コーカサス物〟は『侵攻』を始めとする〝戦記物〟と『コサック』が普通ひと括りにされる。両者が多くの共通点を持つことは言うまでもないが、その相違点も無視できない。第一に、〝戦記物〟が短編小説であるのに対して、『コサック』は中編小説である。第二に、〝戦記物〟がコーカサスの現地で、作者の異郷で滞在中に書かれたのに対して、『コサック』は着想こそコーカサスで得たが、その地では書上げられず、実に十年もの時を経て作者の故郷ヤースナヤ・ポリャーナで完成を見た。作家の創作人生に両者を位置づければ、〝戦記物〟は余り時を置かずにセヴァストーポリ物語に連なり、やがて『戦争と平和』の言わば〝戦争面〟に引継がれるのに対して、『コサック』は『戦争と平和』の言わば跳躍台になり、〝戦争〟と〝平和〟の両面に反映を見る。」（糸川紘一『ト

ルストイ　大地の作家』、東洋書店、二〇一二年。）

『侵攻』の作者トルストイ同様、語り手の「私」は「戦争の事実そのもの」――殺人行為――を知りたくてコーカサスへ行き、要塞（グローズヌイの要塞とN・ブルナショアは特定する）に住み、戦闘に参加する機会を得る。

ロシア軍による山民の部落の掠奪は無意味な破壊と強奪を招く――それは忌まわしい情景である。

「一分後には竜騎兵やコサックや歩兵たちが、包みきれぬ喜びを見せて、曲がりくねったあちこちの横丁へ散って行ったので、それまで空っぽだった部落も俄かに活気に溢れてきた。こちらでは屋根が崩され、斧が固い木にガツンと打ち込まれ、板戸が叩き壊されているかと思うと、あちらでは乾草の山や垣根や小屋に火がつけられ、澄んだ空気の中に濃い煙が柱のように立ち昇っている。こちらでは一人のコサックが麦粉の袋と絨毯を引きずっているかと思うと、あちらでは一人の兵隊が、嬉しそうな顔をして、小屋の中からブリキの洗面器と何かの襤褸《ぼろ》切れを運び出している。」（『侵略』、第九節。）

十九世紀中葉のコーカサス戦争を描いたこうした情景は一年越しに（二〇二三年二月現在）進行中のプーチン戦争でも繰り返されている。「敵」の不幸を喜ぶ幸福そうな兵士らの心理は戦争の常であり、昔も今も変わらない。トルストイは戦場で生じていることの恐怖と無意味さを読者に伝えている。人間が敵味方に分かれ、幸不幸を分かち持つ戦争はいつになったらこの地上から消えるのか。こうしたトルストイの問いかけはコーカサス戦争に始まっている。

V・ダーリの詳解ロシア語辞典で「敵」を引くと、「山の彼方の敵は恐ろしいが、身近な敵はもっと恐ろしい」という諺が出されている。今やロシア国民にとって恐ろしい「山の彼方の敵」はNATOであり、西欧諸国であるかも知れない。だがもっと恐ろしいのは「身近な敵」であり、自国ロシアであり、プーチンである。そして「もっと恐ろしい身近な敵」は一人一人のロシア国民の中に潜んでいるとも言える。今こそロシア人はトルストイやダーリに立ち返らねばなるまい。祖国の叡智はプーチン戦争を是認せず、ロシアによるウクライナ侵略戦争を許容しない。

「コーカサス物」が『戦争と平和』の一里塚になった事例は『森林伐採』にも見られる。「『森林伐採』でトルストイは初めて、兵士と将校という二つのまったく相異なる世界を結びつける試みをした。だが兵士の世界は将校たちに全然関心を示さず、貴族出の下士官である語り手だけがしばしば自分の兵士たちの所へやってきて、彼らを観察し、彼らの会話や歌に耳を傾ける。（中略）ただトロセンコ大尉だけはどことなく兵士に近しく、彼だけがとても素朴で偽りがない。彼は『侵攻』のフローポフ大尉に何となく似ている、なるほど飲兵衛なのではあるが。彼はまた、十五年後に『戦争と平和』に現われる、赤鼻のチモーヒン大尉にも似ている。『森林伐採』はトルストイの大作『戦争と平和』への道で重要な段階になったのである。」（『トルストイ百科事典』。）

『森林伐採』では山民という「敵」はやや遠い所に控えていて、ロシアの森林伐採隊とは時折しか遭遇しない（前半、一—六）。叙述の殆どはロシア軍のコーカサス分遣隊の内部のことに関わり、その実状、実体の描写に費やされている。それは森林伐採という軍事作戦の一種が題名通りにテーマになっているからでもあろうが、トルストイは「敵味方」の「敵」よりも「味方」の内実を把握し描写するという目的のためにテーマも題名も選んだのだとも考えられる。「山の彼方の敵は恐ろしいが、身近な敵はもっと恐ろしい」というダーリが採取した諺がここでも耳に鳴る。生涯を通して、トルストイの戦争観はこの諺が真実であることを確認し、確信していく。トルストイにとって戦争の探求も優れて人間の探求なのである。

「戦闘に参加したことのある者なら誰しもきっと、誰かが殺されたり負傷したりした場所に対して覚える、非論理的な、けれども非常に強い奇怪な嫌悪の情を経験したであろう。私の隊の兵士たちもウェレンチュークを抱き起して、駆けつけた荷車に載せなければならなくなった時には、初めの瞬間、確かにこの感情に負けていた。ジダーノフは腹立たし気《げ》に負傷者の傍に歩み寄り、益々高まる苦痛の呻き声にも拘らず、脇の下へ手を差し入れて、彼を抱き起こした。「何を立っておるんだ！　手を貸さんか！」と彼が怒鳴ると、十人ばかりの手伝い手、無用な者までが、たちまち負傷者を取り囲んだ。が、ほんの少し彼を動かすや否や、ウェレンチュークは恐ろしい悲鳴を挙げてもがき出した。「何を喚《わめ》くんだ、兎みてえに！」とアントーノフは、その足を抑えつけながら、荒々しく言った。「おとなしくしねえと、おっぽり出すぞ。」すると負傷者はじっさい静かになったが、まだ時々「ああ、もう駄目だ！　ああ、兄弟！」と情ない声を出した。」（モスクワ版全集、『森林伐採』、第八節。）

ここには戦場の修羅場での兵士たちの行動や心理が克明に描写されている。やがてこの兵士は死ぬのだが、幾らでもない金銭に関わる、同僚の中尉への負い目を精算してくれるよう語り手の「私」に頼む。これは同じくコーカサスで書かれた小編『ロシアの兵士はどんな死に方をするか』の負傷者もする、死に際の頼みであり、トルストイが味方の名誉を忘れずに伝えた、言わば「立つ鳥跡を濁さず」の心意気である。幾人とも知れぬそうした名誉ある兵士も滅びていくのが戦争の事実かつ真実であり、トルストイはコーカサスでの初陣からそれを体験して「戦争小説」を書き始めた訳である。

「コーカサス物」のトルストイの作品は興味深いが、「事実は小説より奇なり」と諺にも言うように、事実、すなわちコーカサスでのトルストイの生活も興趣をそそり、示唆的でもある。一般的に、作家の「生活と作品」は密接不離である。

トルストイは一八五一年五月末にコーカサスのコサック村スタログラトコフスカヤに到着するが、それから一か月足らず経った六月二二日付け（スタールイ・ユルトからの）再従叔母T・ヨルゴリスカヤへの手紙に次のように書いている。

「一日中タタール女たちが水車小屋の上流と下流に下着類を洗濯しに来ます。彼女らは足で洗濯することをあなたに言う必要があります。それはまるで蠢《うごめ》く蟻の群れのようです。女性たちは大概美しくて、がっしりした体格をしています。東洋風な彼女らの装いは魅惑的です。絵に描いたような女性たちのひと群れと当地の自然のままの美しさ——それは実にうっとりするような情景です。そして山頂の眺めは別種のもので、もっと素晴らしいものです。」（モスクワ版トルストイ二十二巻全集、第十八巻、書簡、一八四二―一八八一年、三二二頁。）

こうした情景は後年の中編小説『コサック』などを豊かに彩ることになる。

トルストイの目に映ったコーカサスはこうした天的な佇まいも見せる、言わば「新世界」であった。感受性の豊かな未来の大作家はそうしたコーカサスを愛《め》で慈《いつく》しんだ。なるほど青年トルストイは志願兵としてコーカサスへ渡り、「侵攻」や「森林伐採」といったロシア軍の軍事作戦に参加した。だが後年の不世出の非戦論者はここコーカサスで早くも戦争の真実を見抜き、戦争の実態を看取している。テレク川のほとり、水車小屋の近傍で洗濯に勤《いそ》しむタタール（チェチェン）の女たちの営みを「幸いなるかな」とばかり見惚れるトルストイは彼女らを、その夫たちや子供たちを、その恵みの大地を血塗るような戦争を、手をこまねいて見てはいない。もう晩年に近く、日露戦争に際して書かれた珠玉の非戦論『考え直してみよう』は早くもここコーカサスで胚胎していなかったとは誰も断言できない。中編小説『コサック』のエローシカ叔父の原型となったエピーシカ爺さんについて現代チェチェンの首都グローズヌイの研究者は次のように書いている。

「エピーシカ爺さんはしばしば、彼にとってはチェチェンの全部がクナーク（盟友・親友）なのだと、好んで言った。彼は山に居る自分の友人たちの方へ恐れを知らずに立ち去ったのだが、そこではチェチェン人たちが彼を親戚として、恭《うやうや》しく迎えるのだった。エピーシカ爺さんは、山民とロシア人は平和に仲良く暮らさなければならないと、深く確信していた。この考えには後にトルストイ自身が辿り着いたのである。」

（Sh・アフマードフ「トルストイの中編小説『コサック』に於けるロシアとチェチェン

の結びつきの歴史」――『トルストイとチェチェン。歴史と現代』――全露学会「トルストイとチェチェン」資料集、グローズヌイ、二〇〇九年。）

トルストイの博愛主義、非戦論、そして暴力による悪への無抵抗は「殺す勿れ」、「汝の敵を愛せよ」など福音書の戒律に起源を持つと考えられがちである。そうした福音書由来説、聖書由来説が有力であることは疑い難い。だが「コーカサスのトルストイ」や「コーカサス・テキスト」に目を向けると、福音書由来説や聖書由来説がすべてであるとする考えは自明でなくなる。コーカサス諸民族の良俗である「クナーク」（盟友・親友）の概念は福音書・聖書由来説に一考を促す有力な一事であると言える。エピーシカ爺さんの「チェチェンの全部がクナーク」、「山民とロシア人は平和に仲良く暮らさなければならない」という考えは博愛主義、非戦論そのものであることを思えば。

霊峰エルブルース山を仰ぎ、清流テレク川を古来生業《なりわい》の地とする民。チェチェン人はじめ、イングーシ人、タタール人、コサック、移り住んだロシア人、そのほか諸々の民草の大地であり故郷であるコーカサス。その民を、その地をあるいは空爆、あるいは無差別攻撃で掃討し、殲滅し、「更地にしてしまった」のは誰か。他でもない、それは現下のロシアによるウクライナ侵略戦争の元凶プーチンに他ならない。トルストイの対蹠《せき》人プーチン、プーチン戦争の張本人に他ならない。今や核戦争も、第三次世界大戦も視野の外とは言えなくなった現代世界。プーチンが作ったその世界的危機は、同じプーチンによるチェチェン戦争に始まる。その無慈悲な、非人間的な、残酷極まる手口に始まる。今を去る四半世紀前、ロシアはそれを是認してしまった。世界はそれを許容してしまった。十年足らず前のクリミア併合も許してしまった。正に、『火の不始末は火事の元』であった。ロシアも、世界もトルストイを忘れていた。チェチェンを「更地にしてしまった」プーチンは世界をも「更地にしてしまい」兼ねない。事程左様に今や人類の危機は重大で深刻である。

アンナ・ポリトコフスカヤは著書『チェチェン　やめられない戦争』（三浦みどり訳、日本放送協会出版、二〇〇四年）の「プロローグ」の前に、いや目次の前に、トルストイの文章から始まる一文を置いている。その冒頭はトルストイの「戦争小説」の第一作で、コーカサスのチェチェンで書かれた『侵攻』の第六節の結びである。それは本書でも既に触れた「自然と戦争」について巡らしたトルストイの思念である。すなわちそれは、美と善のじかの表現である大自然を前にして、果たして悪意と復讐の感情、自分に似た存在である人間を抹殺しようとする情念が人間の心に残るものであろうか、と問う青年トルストイの疑念である。

二十世紀末から二十一世紀初頭に掛けて再燃したチェチェン戦争は、現下のロシアのウクライナ侵略戦争と同じく、これまたプーチン戦争であり、「独裁者プーチン」(名越健郎)が進める一連の戦争の手始めであった。そして現代のチェチェン戦争の報道で第一人者であったジャーナリスト、自宅のアパート前で惨《むご》い銃撃で暗殺された『ノーヴァヤ・ガゼータ』紙の記者はチェチェン戦争を幾度もの危険な取材で書き上げた著書のエピローグをトルストイの『侵攻』からの引用文で書き出している。このことは、チェチェン戦争と同様に、トルストイ文学もまた十九世紀から二十一世紀に継承されたことを物語っていよう。

チェチェン人同士は古来クナーク(盟友・親友)の絆で結ばれた社会を築いてきたが、コーカサスの「郷に入」ったトルストイ兄弟も「郷に従」って、チェチェン人の間に少なからぬ友人を持っていた。ニコライとレフのトルストイ兄弟はコーカサスで言わば「人間の壁」を取り払い、打ち破って、敵味方という人類の根本悪を取り除く先駆的な実践をしたことになる。

「トルストイはチェチェン人の間に友人をもっていた。前述の通り、サド・ミセルビエフはトルストイの友人であった。トルストイ兄弟が誰と親しくなったか、その全員を突き止めることは今になっては難しいが、恐らく、彼らにはチェチェン人の間に良い知人や友人が大勢いた。兄のニコライ・トルストイも同様にチェチェン人の暮らしぶりや習俗に関心を持ち、『チェチェンの女』という短編小説を書きもしたが、残念ながらそれは私たちの手元まで届いていない。弟のレフ・トルストイにはそれが大いに気に入っていたという。」（Sh・アフマードフの前掲論文。）

チェチェン紛争やチェチェン戦争に於いては、トルストイ兄弟と違って、こうした人懐《なつ》っこいチェチェン人と仲良く共生できないロシア人の側に非があると考えざるを得ない。その点でも、コーカサスのトルストイ兄弟は現代のロシア人にとっても見習うに値する存在であると言えよう。増してや今現在、プーチンが自分で言い出しているように、隣国ウクライナはロシアの兄弟国家であり、隣人のウクライナ人は元来の同族である。その二つの国家が、その二国民が敵味方でしかないという現実はどうして生じたのか。人間を敵味方に分け、国家を対立させるプーチンの迷妄ならで、そうした不幸は生み出されなかった。プーチンはコーカサスのトルストイ（兄弟）に学ぶべく、それこそ「胸に手を当てて考え」てみなければならない。それこそが正論というものであろう。

「多くのチェチェン人がロシアの住民の間に住んでいた。チェチェン人が自分の生まれた場所を離れてコサック村に移り住んだ事例があった。若いチェチェン人たちが自分の、あるいは隣の部落の出である娘を好きになったのだが、彼女に対する身請け金を払うことが出来なくて、彼女と一緒にコサック村に逃げたことは稀でなかった。あるいは切実な復讐という理由でコサック村へ逃げた。」（Sh・アフマードフの前掲論文。）

ここにはチェチェン人とコサックの間で偏狭な民族主義による対立や差別、それによる遠慮や差し控えなどがない。むしろ人間社会の自然な姿が見て取れる。多民族国家には対立や抗争がありがちなのに、ここにはそれがない。コサックはロシア人なので、ここではチェチェン人とロシア人の関係としてこれを受止めると、それは多民族国家であるロシア社会の理想的な社会模様を見せている趣がある。トルストイがチェチェンをはじめとするコーカサスをこよなく愛したのはそのためではないか。そこに「内地」のロシアとは違う、一種の別世界、別天地を見たからこそ、トルストイは「内地」のロシアに帰還した後も、末永くコーカサスに思いを馳せ、一八六〇年代には『コサック』を書き、一八九〇年代には『ハジ・ムラート』を書いたのではないか。のみならず、死出の門出になった先祖伝来の地主屋敷からの最後の出奔に際しては、その彷徨の行く先の一つにコーカサスがあったとする一説がある。

「一説があるが、それは一九一〇年の十月にヤースナヤポリャーナを後にしたトルストイは、コーカサスへ行き、ああした自由な人々の間で暮らし、〝戦争と平和〟があのよう自然にかつ奇抜に絡み合っている、あの〝自然のままの天地に〟居を定めようとした、というものである。」（N・ブルナショア『トルストイ百科事典』、今にして思えば編者がさながら絶筆のように手ずから執筆した解説。）

ある意味で、コーカサスはトルストイの言わば「理想郷」であったと言えよう。あるいは旧約聖書に言う「約束の地」であったと。

ロシアの宝物のようなこうしたコーカサスもプーチンにとっては「猫に小判」、「豚に真珠」でしかない。あるいは厄介な係争地でしかない。そうしたプーチンは、コーカサスの人間も自然も丸ごとなきものにしようとして憚らない。掃討作戦によるチェチェンの「平定」を大統領としての初仕事にしたプーチンは以後、旧ソ連内ではグルジアなど、中東ではシリア等で同様に手荒い「紛争処理」を積み重ねた。そしてその成れの果てが二〇一四年のクリミア併合、そして二〇二二年二月のウクライナ侵攻であり、この一年来のウクライナ侵略戦争である。言わば「初めに（チェチェン）戦争ありき」でロシアの権力を掌握したプーチンはイワン雷帝やスターリンの恐怖政治を恥じることも臆することもなく、事実に於いて踏襲して、やがて四半世紀を迎えようとしている。国際政治学に言う「パワー・ポリティクス」（力の政治）は文字通り額面通りにプーチンの行動原理であり、持ち合わせているとすれば政治哲学である。内政でも外交でも、プーチンには力（パワー）による政治（ポリティクス）しかない。

コーカサスはロシア文学の揺籃の地である。そのことはトルストイが文学事始めをしたのが他ならぬコーカサスの地であったという一事を以ってしても過言ではない。トルストイがである。ロシア文学のトルストイがであり、世界文学のトルストイがである。そしてこの文学事始めにはトルストイが自らそれを果たしたと言う以上に、コーカサスの地が作家トルストイを生んだという意味合いが強い。前期トルストイの代表作『戦争と平和』（あるいは『戦争と世界』）は題名通りに「戦争」と「平和」（あるいは「戦争」と「世界」）が不可分の一体、渾然一体として描かれた大作であるが、何とトルストイの「戦争物」と「平和物」（あるいは「戦争物」と「世界物」）はどちらも、しかも殆ど同時に、実にコーカサスの地で最初に書かれているのである。それは二系列の両方の第一作『幼年時代』と『侵攻』に他ならない。チェチェンの首都グローズヌイで二〇〇九年に刊行された全ロシア学会「トルストイとチェチェン」という前掲の資料集には次のような指摘がある。

「コーカサスは十九—二十世紀のロシア文化の発展、とりわけ文学の発展に於いて非常に大きな役割を果たした。天才的な言葉の芸術家の作品には驚異的に美しい自然の光景、山と草原の景色、またこの地で起きた歴史的事件が反映されている。ベリンスキーは次のように指摘している。

『不思議なことだ！　コーカサスは恰も我が国の詩的才能の揺籃、彼らの詩才の鼓舞者、彼らの詩的故郷になるように運命づけられているかのようだ。プーシキンはコーカサスに自身の長編詩の一つである『コーカサスの虜』と最後の長編詩『ガループ』を捧げた。グリボエードフはコーカサスで戯曲『知恵の悲しみ』を書いた。そしてここに新しい才能が現われる。（レールモントフのこと――著者。）――そしてコーカサスは彼の詩的故郷になり、彼はコーカサスを熱烈に愛する。根雪を頂き、人を寄せつけないコーカサスの高地に彼は自分の詩壇（パルナス）を見いだす。コーカサスの荒れ狂うテレク川で、その渓流で、薬効泉で……』ここに述べたことはトルストイにもずばり関わる。正にコーカサスで、スタログラトコフスカヤのコサック村で彼は一八五二年に自身の最初の小説を書くことになるのである。」

（Sh・ガプーロフ、V・アスターロフ「トルストイとコーカサス戦争」――『全ロシア学会『トルストイとチェチェン』、資料集、グローズヌイ、二〇〇九年、傍点ルビは引用者。）

　コーカサスがこうした土地柄であるからこそ、トルストイは生涯コーカサスをこよなく愛し、節々の時期に思い出したように『コサック』、『コーカサスの虜』、『ハジ・ムラート』といった「コーカサス物」の作品を書いた。コーカサス愛、正にコーカサス愛、実にコーカサス愛――その愛をトルストイは自身の創作人生の大きな支えにもした。それは後身チェーホフのサハリン旅行、サハリン探訪、『サハリン島』に通じる。ある時チェーホフは（『サハリン島』以外のどんな作品に）サハリン島の何がご自身の作品に書かれているのかと問われて、しばらく考えた後、「全部（の作品）だ」という趣旨の返答をした。同じことがトルストイのコーカサスと全作品、そして全生涯についても言えよう。

トルストイのコーカサス愛について同じ趣旨のことをモスクワのトルストイ博物館の研究員が書いている。

「トルストイはコーカサスの人々、自然、歴史への愛を永遠に心の中にしまっておいた。ヨーロッパ訪問の後に書かれた『スイス旅行記』（一八五七年）によれば、トルストイは、素晴らしく誉れ高いスイスの風景を見ても心を動かされなかった。彼はコーカサスのまたとない風景を思い出して、それはアルプスの眺望になんら遜色のないものであり、その独特さによってむしろアルプスに優《まさ》るものである、と断言する。ヤースナヤポリャーナからの出奔の果てに彼の意識の中でふたたびコーカサスの姿が浮かび上がり、そこへ立ち去ろうという熱望が生まれたことは、意味深長である。いつか彼はそこに素朴な、古くからのこと、（………）不死があること、愛があること、そして永遠に幸福になるためには他者のために生きなければならないことを発見したのであった。（A・トルスタヤへの手紙、一八五九年四月末―五月三日付。）」（T・ブルラコワ「チェチェンのトルストイ。不死への道」――全ロシア学会「トルストイとチェチェン」資料集、グローズヌイ、二〇〇九年、傍点ルビは引用者。）

現代ロシアのチェチェン戦争――初めはエリツィン治下で、その後はプーチン政権下で強行されたチェチェンの殲滅作戦――はロシアの文化にとって弥が上にも尊いチェチェンの地を灰燼に帰そうとして止まない愚行かつ蛮行であり、狂気の沙汰であった。同じロシア人でありながら、この点でトルストイとプーチンは正に対蹠人である。一方のトルストイはコーカサスをしんそこ愛した。では他方のプーチンはコーカサスに対して何をしたのか。愛の反対が憎しみであるなら、プーチンはコーカサスを憎んだ、と言うことになる。然り、コーカサス戦争はプーチンの憎しみの所業であった。

だがコーカサスに対するプーチンの憎しみの所業は彼の治世の事始めに過ぎず、手始めの「小手調べ」、「小手試し」に過ぎなかった。現下のウクライナ侵略戦争から振り返れば、チェチェン戦争はその様に位置づけられよう。チェチェン戦争はトルストイの民話『火の不始末は火事の元』を地で行くようなものになった。初めにチェチェン戦争があり、終わりにウクライナ戦争があった――プーチンの時代は後世のロシア史にそうした評価がされるであろう。チェチェン戦争と本質的に同じことをプーチンはウクライナ侵略戦争で繰り返している。

「特別軍事作戦」だと言い張り、言いくるめようとするそのウクライナ侵攻を戦争だと見ない人は誰も居ない。チェチェン戦争で自国を欺き遂《おお》せたプーチンは、今度はウクライナ戦争で世界を欺くことが出来ると思っている。それ故、ウクライナ戦争の帰趨を占うには、チェチェン戦争の顛末、その一部始終を分析することが欠かせない。

『ハジ・ムラート』

雑草は不死身の生命力の象徴とされる。路傍の雑草のような植物には、よく「ど根性」という褒め言葉が手向《た》けられる。生命力の権化に対する賛辞である。『ハジ・ムラート』は二十五節から成る中編小説であるが、その言わば「第〇節」にはゴボウアザミ（牛蒡薊、山牛蒡）、雑草のようなその草を巡って作者トルストイの思念が綴られている。それはハジ・ムラートが植物ならこの草のような生命力の持ち主であることを示す、小説の事実上の「序文」なのである。『義経記』の立ち往生する武蔵坊弁慶のようなその壮烈な討ち死にの様は、人に踏みつけられ、踏み捨てられても容易に死に絶えないゴボウアザミを作者に思わせるのだった。コーカサスの大自然児ハジ・ムラートの魅力的な人物像はこの同名の小説に遺憾なく彫琢されている。それがこの作品のモチーフであることは夙に知られているが、『戦争と平和』に似て、それを軸にした、これまた言葉で書かれたこの絵巻物には、『戦争と平和』のボロジノの会戦を思わせる、凄惨な闘争の描写もある。

＊　＊　＊

ハジ・ムラート（一七九〇年代末―一八五二年）は帝政ロシアのニコライ一世とダゲスタン及びチェチェンの教長（宗教的指導者）かつ回教徒の軍事・テクノクラシー国家の首長シャミーリの間で板挟みになり、豪放不羈《ふき》な生き様を見せた、コーカサスの山岳部族の最も有能で精力的な指導者の一人であった。トルストイは青年時代に志願兵としてコーカサス（チェチェン）で三年ほどを暮らしたが（一八五一―五四年）、偶々その期間の一八五一年十一月にハジ・ムラートは競争相手のシャミーリから自分の命を救うため、それまで何年もシャミーリの次席としてロシア軍と戦ってきた身でありながら、ロシア側に身を投じた。妻子をシャミーリの権力下に残してきたハジ・ムラートは、その家族を取り戻す手助けをしてくれるというロシア軍の約束を待ち切れず、一八五二年四月に山中に逃亡したが、ヌーハの近くで追っ手と撃ち合いになり、壮絶な最期を遂げた。トルストイは当時、ロシア側に移ったハジ・ムラートに就いて兄セルゲイへの手紙に「この人物は最高の勇士（ジギット）で天晴れな男であったのに、卑劣なことを仕出かした訳だ」と書いている。（一八五一年十二月に十三日付。）

それから半世紀ほども経った最晩年に、しかも幾年にも跨る執筆時期で中編小説『ハジ・ムラート』を書いたトルストイは、当然のこと、この人物に対する見方を逆転させていた。

＊　＊　＊　＊

「侵入によって破壊された部落はハジ・ムラートがロシア側に投降する前に一夜を過ごしたあのダッタン村であった。ハジ・ムラートはサドの家に足を止めたのだが、サドはロシア軍が部落へ近づいてきた時、家族を連れて山地へ逃げ去った。その後、自分の部落へ引き返したサドは、自分の小屋がすっかり破壊されているのを発見した。屋根は崩壊し、外部の扉や柱は焼かれ、内部はひどく汚されていた。彼の息子——あのとき喜び一杯の目でハジ・ムラートを見ていた、あの輝かしい目をした美少年は、外套を掛けられた馬の背で死体として回教寺院の方へ運ばれていった。彼は銃剣で背中から突き刺されていたのだ。ハジ・ムラートが訪ねてきた時、何かと彼の世話をしてくれた品の良い女も、今は胸の裂けて破れた肌着一枚で、しなびて垂れ下がった乳房もあらわに、髪を振り乱して息子の死骸のそばに立ち、血の出るほど自分の顔を掻き毟っては、のべつ幕なしに泣き喚いていた。サドはつるはしとシャベルを持って、親類の者と一緒に、息子の墓を掘りに出掛けた。(中略)どこの家にも広場にも、女たちの泣き叫ぶ声が聞こえていて、そこへはなお二つの死体が運ばれていた。小さい子供たちも母親と一緒に喚いていた。餌が何も貰えない、飢えた家畜も鳴いていた。大きい子供たちは遊びもしないで、びっくりしたような目で、年長者たちを眺めていた。」(トルストイ二十二巻全集、第十四巻、モスクワ、一九八三年、第十七節。)

これは現在進行中のプーチン戦争下、ウクライナの惨状そのものではないか、と思わせずにいない。更に、「若い者から大人まで、すべてのチェチェン人が経験していた感情はロシア人に対する憎しみ以上のもので、憎悪以上に強いものであった、と続く。(同。)ここで「チェチェン人」を「ウクライナ人」に読み替えれば、二〇二二年二月に始まった、ロシアのウクライナ侵攻以来の被害国の惨状が眼前に浮かび上がる。

「中編小説『ハジ・ムラート』はトルストイの死後の一九一二年に初めて出版されたが、それには検閲による大々的な排除箇所があった(ニコライ一世に関する節は短縮され、ロシア軍の仕業で荒廃したチェチェンの部落に関する節は全面的に排除された)。小説の完全なテキストは同じ年にベルリンで刊行された。」（『トルストイ百科事典』のM・スーロフツェワによる解説。）

ロシアで最初に『ハジ・ムラート』が出版された一九一二年は一九一七年のロシア革命の五年前であり、帝政ロシアがまだ虫の息ながら生き永らえていた時代である。コーカサスの山岳民族に対する帝政ロシアの言わば「掃討作戦」であるコーカサス戦争（チェチェン戦争）は、出来れば隠したい、隠せないならロシアの悪業をなるべく糊塗したい——こうしたロシア国家の本音が『ハジ・ムラート』の最初の出版に関わるこうした事実（短縮や排除）には看取される。

現下のプーチン戦争でその張本人がそれを「特別軍事作戦」と称していることは、それが「侵略戦争」というロシアの国家的悪業であり、最大級の犯罪であることを糊塗する、覆い隠すことを狙った印象操作である。それは帝政ロシアがコーカサス戦争のチェチェンへの被害を矮小化し、その実態を隠蔽しようとした意図と何ら変わらない。

ここにはロシア史が現代ロシアの暗部を照らし、ロシア古典文学がプーチン体制の迷妄を暴露する好例がある。

こうしたことは何を物語っているか。他でもない、本書のテーマ『トルストイとロシアの戦争』の「ロシアの戦争」には十九世紀と二十世紀のそれのみならず、二十一世紀の、現下のロシアの戦争も含まれるということである。更にまたそれは、「ロシアの戦争」には「ロシアの侵略戦争」が含まれていることでもある。ロシアの「ウクライナ侵攻」は隣国かつ兄弟国のウクライナに対するロシアの侵略戦争に他ならない。そうしたことに鑑みれば、トルストイは永遠の世界文学であると言っても過言ではなかろう。

独裁者などの悪しき権力者は何よりも真実を恐れる。それはそうした権力者が真実でなく虚偽に立脚するからである。それ故、そうした権力者は真実を語る、書く、闡明する人物を危険人物として迫害し、逮捕・投獄し、拷問し、資産剝奪をし、失脚させ、国外追放し、暗殺し、薬物投与で殺害し、等々、その他諸々の手段で排除しようとする。現代史で独裁者プーチンがその最たるものであることは論を俟たない。ウクライナ侵攻の、そしてウクライナ侵略戦争の歌い文句である「特別軍事作戦」は虚偽の人プーチンの本性を自ら雄弁に暴露している。それに対するウクライナと欧米諸国の応戦は「本当の戦争」であるとロシア国民に語り掛けるプーチンは、恰もウクライナと欧米諸国が悪、悪玉であり、ロシアが善、善玉であって大義もロシアにあるかのような言辞を弄している。真実と虚偽、善と悪の逆転（履き違え）が独裁者プーチンの真骨頂である。

東京新聞は二〇二三年五月二五日付けの社説に「ロシア政治弾圧」と題する社説を掲げた。

「ロシアの人権団体によると、ウクライナ侵攻に反対して当局に拘束された人は二万人近くに上る。プーチン政権の反対派への弾圧は目に余る。罪なき人々の釈放を要求する。（中略）政権が異論を躍起になって抑え込むのは「権威主義体制にとって最も危険な存在は、真実を語る人々だ」（カラムルザ氏）からだろう。長引く戦争に国民は先行きの不安を抱きながらも、恐怖が沈黙を強いる。」（傍点ルビは引用者。）

ここに言う「真実を語る人」でトルストイの右に出る者は居ない。そしてトルストイ文学を仔細に読めば、現代ロシアの世界的犯罪である現下のウクライナ侵略戦争に関しても、トルストイは得難い真実に光を当てていることが分かる。

第六章　再録旧稿

一、コーカサス戦争の鏡としてのトルストイ
（ロシア語の原論文の著者による邦訳）

レーニンに「ロシア革命の鏡としてのレフ・トルストイ」という有名な論文があり、ロシアの知識人なら誰でも、また日本のロシア通なら誰でもそれを知っている。拙稿の題目はそれを念頭に置き、かつもじったものであるため、二〇〇四年に隔年開催で恒例のヤースナヤ・ポリャーナ国際トルストイ学会でそれをロシア語で口頭発表して題目を述べた際に、思わず失笑して声を挙げた人が居た。事程左様にこのレーニン論文は人口に膾炙《かいしゃ》し、世の人々の常識同然になり、知れ渡っていると言っても過言ではない。同じ大会でもう一人、コーカサス（ピャチゴルスク市）のV・シュリジェンコがやはりレーニンのこの論文をもじった題目「コーカサス分離主義の鏡としてのレフ・トルストイ」という研究報告

をした。偶然の一致のような二つ題目の暗示は一同に奇異の念を抱かせたようであった。拙稿はこのレーニン論文を敢えて揶揄《やゆ》し、換骨奪胎したものなので、政治的には反革命、反ソ、反社会主義、そして現代ロシアに関しては反エリツィンかつ反プーチンの側、いわゆる反体制派に連なる。それは理の当然であり、トルストイアンならだれでも、また準トルストイアンでもそうならざるを得ない。

トルストイはソ連も、社会主義も、一九一七年のロシア革命も知らずに他界したが、哲学的・原理的にはむしろ徹底的にそれらを予見的に批判し、糾弾し、否定していた。宗教論「神の王国は汝らの内にあり」では、革命の本質に就いて次のように書いている。「革命的な教義の精神は復讐、暴力、殺戮の精神である。それは神を恐れず、人格を尊重しない。」（ロシア版の規範的トルストイ九〇巻全集、第二八巻、一八九〇―一八九三年。）

スターリンやプーチンの暗黒政治がこれを地で行くものであることは多言を要しない。敵味方に関するイエス・キリストの福音書の精神は「汝の敵を愛せよ」であるが、ロシア・ソビエトの独裁者の主義・モットーは言わば「汝の敵を憎め」であり、その果ては「汝の敵を殺せ」である。それは個人に対しても、組織や国家に対しても容赦なく無慈悲に貫徹される。スターリンの粛清やプーチンのチェチェン掃討作戦はその最たるものである。

だがプーチンの恐怖政治は今般のウクライナ侵略戦争で一線を超えてしまった。プーチン戦争は第二次世界大戦後の最大の侵略戦争になってしまった。プーチン政治には当初から暴政の危険信号が散見されたが、ロシア国民は「火の不始末は火事の元」というトルストイの民話の暗示と警告に耳を貸さず、大火事を起こしてしまった。その根底にはロシアの西欧コンプレックス、ロシア人の西欧人に対する劣等感があるとも考えられよう。プーチンはそれに便乗して独りよがりのロシア・スラブ歴史観を捏《こ》ね上げ、まことしやかにウクライナ侵攻の大義名分にした。

　トルストイは「チェチェンからクリミアへ」、すなわち「コーカサスからウクライナへ」と軍人の道を辿ったが、奇しくもプーチンもチェチェンの独立派を殲滅し、「チェチェン掃討からクリミア併合へ」と、すなわち「コーカサス戦争からウクライナ戦争へ」と、ヒトラー紛いの世界戦略に次元を上げてしまった。これを念頭に置けば、今や「ウクライナ戦争の鏡としてのレフ・トルストイ」というテーマが自ずと浮上する、また浮上させなければならない。日本語訳の拙稿はそうしたテーマに連なるものであり、今回企図した拙著『トルストイとロシアの戦争』自体の構想もそうした要請に応えるものである。

著者、識

二〇二三年三月十二日

コーカサス戦争のテーマを解明しようとする首尾一貫性はトルストイの全創作人生で目立っている。

一八五〇年代に中編小説『幼年時代』による華々しい文学的デビューのすぐあとについて、いわゆる「コーカサス・シリーズ」の作品である『侵攻』、『森林伐採』などが書かれたが、その執筆は自伝的三部作（『幼年時代』、『少年時代』、『青年時代』）とほぼ並行して為された。

次の十年間である一八六〇年代にトルストイの「コーカサス・シリーズ」の数に入る『コサック』が発表される。だがこの執筆は一八五二年から一八六三年まで、断続的に殆ど十年間に及んだ。すなわち、トルストイは大作『戦争と平和』に着手する殆ど「その前夜」までこの中編小説の執筆をしていたことになる。

一八七〇年代に自ら学校を開いて教育事業にも携わったトルストイは、小学校の教科書として『初等読本』（アズブカ）シリーズを書いた。そして一八七二年にはその中で最も長い短編小説『コーカサスの虜《とりこ》』を書く。トルストイはコーカサス戦争に就いて『戦争と平和』の前にも後にも作品を書いた――この事実は、筆者の考えでは、作家にとってこのテーマが生涯に亙り最も重要なテーマの一つであり続けたことの証になる。新しい、二十世紀のごく初期には「コーカサス・シリーズ」の最後の中編小説『ハジ・ムラート』が書かれたが、これはトルストイの最後の代表作である。この小説の構想を作家は『コサック』のあと幾年も温めていたことが知られている。

「ロシア革命の鏡としてのトルストイ」という命題はもうとっくの昔に過去のものになっている。だが「コーカサス戦争の鏡としてのトルストイ」という命題は、ペレストロイカとソ連崩壊によって誘発されたロシア―チェチェンの戦争のために、二十一世紀初めの今とりわけ差し迫ったものになっている。

トルストイの「コーカサス・シリーズ」の第一作である『侵攻』では、『森林伐採』と同様に、語り手の志願兵は様々な矛盾に直面する。戦争は人間世界の最大の矛盾であるからして、これは自然なことである。矛盾がある所には問題も生じる。『侵攻』でも、また『森林伐採』でも同様に、根本的な問題の一つは勇気に就いての問題である。

「プラトンは、何を恐れる必要があり、何を恐れる必要がないかを知ることによって勇気を定義したことを私は思い出した、そして大尉の定義にはプラトンと共通な所と明快でない所があるにも拘わらず、両者の基本的な思想には思ったほど違いがない、と私は思った。そしてまた大尉の定義はギリシアの哲学者の定義より正しい、何故ならもし彼がプラトンのように表現することが出来たとしたら、彼はきっと、勇者というものは恐れるべきことだけを恐れて、恐れる必要のないことは恐れない人だ、と言ったに違いないからである。」

（モスクワ版トルストイ二十二巻全集、第二巻、八―九頁、傍点ルビはトルストイ。）

その先で語り手は反義語としての勇気と臆病について話す。

ヴィクトル・シクロフスキーは語り手と作者の精神を感じ取り、彼らの中立性を指摘して、次のように書いている。

「司会者としての自分のためにトルストイは中立的な立場を選ぶのであるが、それは彼がピエール・ベズーホフに就かせる立場に似ている。（………）彼はありふれたことの中に中立性を見るよう教える。分析が示すのは、戦争の残酷さだけでなく、また戦争によって破壊される労働の無意味な残酷さでもある。」（1）
（1）V・シクロフスキー、三巻著作集、第二巻―レフ・トルストイ、モスクワ、「文学」出版所、一九七四年、一二八頁。

中立性は鏡の特質の一つであり、この論文の題目が「鏡」という言葉を含んでいることに気づくべきである。

『コサック』はトルストイのコーカサス・シリーズから除外すべきだという意見がある（例えば、ヴォローネジの研究者T・クールキナの意見）。（2）

（2）T・クールキナ「トルストイの作品に於けるコーカサスのテーマ」――『トルストイに関する論文集・二〇〇三年』（トルストイ生誕一七五周年記念国際トルストイ学会（第二九回）、第一部、トゥーラ、二〇〇三年、一二三―一三八頁。

コサックはロシア人であって、コーカサスの山岳民族ではないという見地からすれば、『コサック』をコーカサス・シリーズに含めることが出来るし、必要である―この中編小説ではコサックを含むロシア人が山岳民族と闘うからである。それがコーカサス戦争、コーカサス紛争にほかならない。『コサック』はモスクワで次のように始まる――

「モスクワでは何もかもが静まった。車輪の軋る音が冬の通りでごく稀に聞こえる。あちらこちらの窓には灯火しか見えず、明かりも消えている。」

「オレーニンがロシアの中心地から遠く離れるほど、益々彼の思い出のすべてがそこから遠く思われ、コーカサスへ近づくほど、益々彼の心は楽しくなった。」（モスクワ版トルストイ二十二巻全集、第三巻。モスクワ、「文学」出版所、一九七九年、一五一頁、一六一頁。）

ここで既に明らかなことは、『コサック』が「ロシアとコーカサス」というテーマの中編小説だということである。トルストイ以前にこのテーマは浪漫主義的な伝統と不可分に結びついていた。これについてB・エイヘンバウムは『トルストイ』に書いているが、その第三章はもっぱら浪漫主義との闘いというテーマ「コーカサスと戦争」に捧げられている。「コーカサスの何かが彼の気に入っていたが、もちろん、オレーニンではなく、多分、マリヤーナとエローシカであった。」(3)

(3) B・エイヘンバウム『文学について』、モスクワ、「ソビエトの作家」出版所、一九八二年、一一〇頁。

ここにロシアのみならず全ヨーロッパを含む文明のテーマが浮上する――それはヨーロッパ人がコーカサスのコサックと山岳民族に出会ったことによって触発されたものである。私見によれば、トルストイの『コサック』とデュマの『コーカサス』が殆ど同じ時期に上梓されたことは偶然でない。この両方の本が殆ど同時に、十九世紀の五十年代と六十年代の境目に出版されたことは驚異的でさえある――デュマの本は一八五八年に(そのロシア語訳は一八六一年に)、トルストイの本は一八六二年に出版されている。デュマの『コーカサス』のロシア語での再刊(トビリシ、一八八八年)に寄せた巻頭論文に編集者のM・ブヤーノフは次のように書いている。

「デュマの『コーカサス』は、ある読者はこの本をただ『三銃士』の作者の素晴らしい作品としてのみ見なすであろう。別の読者はその中に芸術的な旅行記の模範を見て取るであろう。第三の読者は『コーカサス』を、一八五八—五九年のコーカサスに関する広範な知識の総体を次の諸世代のために保存する、時代の重要な意義を持つ文献として迎えるであろう。第四は、『コーカサス』は主として、才能豊かな民俗学的・歴史的な労作であり、外国人によるコーカサス研究上に一期を画するものだと考えるかも知れない。第五は………第五も、第六も、第七もあり得る。」（4）

（4）A・デュマ、『コーカサス』、トビリシ、「メラニ」出版所、一八八八年、六頁。

デュマの『コーカサス』とトルストイの『コサック』の間には多くの共通点があり、ロシアの作家の中編小説は、コーカサス・シリーズの他の小説によっては言うまでもなく、書簡および日記の豊富な遺産によって補強されている、と思われる。

『コーカサスの虜』は『少年読本』の中の「実話」の一つである。「実話」を読むと、作家の身に起こったことに興味を惹かれる。トルストイはグローズナヤ要塞の近くでチェチエン人たちの虜になったことが知られている。スタールイ・ユルト——グローズヌイ市の近くのチェチェン人の入植地――から出された手紙の一通には次のように書かれている。

「私は今チェチェンのゴリャチェヴォーツキー堡塁の近くのキャンプ地に住んでいる。昨日警報があって、ちょっとした射ち合いがあり、近日中の進軍が待たれている。」

実際にあったことは一八五〇年代の初めに体験され、芸術的実話は七〇年代の初め（一八七二年）に創作された。それらの間には約二〇年が経過していた。「実話」の主人公ジーリンと作者はほぼ同い年であったと考えることが出来る。周知のように、この「実話」を書いた後まもなくトルストイを待ち受けていたのは（精神的）転機であった。そのため既にこの時期に作家の作品にその前兆が目立つのは自然なことである。そして転機の前兆と見なすことが出来る作家の二律背反的な思想と些細な出来事についてT・トゥールキナは次のように書いている。

「中編小説『コサック』は作家の精神的転機の入口で書かれたため、それは、一方では、後期トルストイに独特のキリスト教的世界観の前触れとなり、他方では、また作家の意識の中に一八五〇年代のイデオロギー的な方向性が存在することを証している。後者はまず第一に新しい小説に於いてトルストイは初期コーカサス小説の〝敵―味方〟という古い主題構成を変えなかったことである。なるほど今や作家は関心を主として〝我が方《ほう》でない

方《ほう》〟に集中しているのではあるが。結びの挿話も小説の基本的な高揚感に二重性の要素を与えている。」（5）

（5）T・クールキナ「トルストイの作品に於けるコーカサス戦争のテーマ」―『トルストイに関する論文集』・二〇〇三年、第一部、トルストイ生誕一七五周年記念国際トルストイ学会（第二九回）、トゥーラ、二〇〇三年、一二八頁。

この短編小説（「実話」）では描写がとても生き生きとしていて、「実話」という言葉に背いていない。そして作品が深く自伝的なものであることが感じられる。コーカサスの村と山民の生活がこの上ないほど実際そうあるように描写されている。『コーカサスの虜』に見られる、コーカサスに関する作家の主想はロシア人の虜ジーリンと山村の少女ディーナの友情の発展に表現されている。この友情のお陰でロシア人と山民の敵意が背景に追いやられているのである。

ところで、ここには福音書の教えが隠されているのではないか。それはマタイによる福音書の第十八節である。「一　そのとき弟子たちがイエスのもとに来て言った。「いったい天国では誰かいちばん偉いのですか。」　二　すると、イエスは幼な子を呼び寄せ、彼らの真ん中に立たせて言われた、三　「よく聞きなさい。心を入れ替えて幼な子のようにならなければ、天国に入ることは出来ないであろう。四　この幼な子のように自分を低くする者が、天国でいちばん偉いのである。………」（６）

（６）新約聖書、日本聖書協会、一九五五年改訳。

この考えは十分にありそうである、思うに一八八〇年代、『コーカサスの虜』より少し後にトルストイが書いた、子供向けを含む多くの民衆向けの作品は福音書に触発されているからである。そして『人は何で生きるか』（一八八二年）、『愛ある所に神あり』（一八八五年）、『二老人』（同）、『蝋燭』（同）のエピグラフはいずれも新約聖書に由来する文句である。

そして最後に『ハジ・ムラート』。『コーカサスの虜』を書いた時から二十年が経っていた。今ではもうコーカサスの思い出は遠い過去の思い出である。そしてふたたび、もっと正確に言えば、一つの作品の執筆に十年を掛けたのは初めてである（一八九六―一九〇四年）。

「コーカサス物の二編である『コサック』と『ハジ・ムラート』に共に、十年ほどが費やされたことは特記に値する。十年の労作は他に『戦争と平和』があるだけなので。―本稿をロシア語から日本語へ著者訳する際に補記―著者。〕ヴォロンツォーフの副官ロリス・メーリコフにハジ・ムラートが語った自身の物語はコーカサスの山民の間で状況がどんなに複雑であったかを強調している。口述の冒頭でハジ・ムラートが次のように話すのは正しい。

「―それは出来ますが、ただ話すことが沢山、とても沢山あります、色々なことがありましたのでね―とハジ・ムラートは言った。

―一日で話し切れなかったら、次の日に終わりまでは話せばいいさ―とロリス・メーリコフが言った。

―最初から始めますかね。

―そうさ、一番初めからだな。

―そうです、一番始初めから、どこで生まれ、どこで暮らしたかですね。」

（モスクワ版トルストイ二十二巻全集、第十四巻、六七―六八頁。）

『ハジ・ムラート』に於いてコーカサス戦争の主要な図式は「山民―ロシア人」ではない。時として叙述の前面に出てくるのは「山民―山民」（例えば「ハジ・ムラート―シャミーリ」）である。それは敵意に於いてのみならず、友情に於いても観察される。

「サドはハジ・ムラートを受け入れることによって、彼が命の危険を冒していることを知っていた、なぜならシャミーリとハジ・ムラートのいがみ合いのあと、死刑の脅しのもとチェチェンの全住民に、ハジ・ムラートを受け入れないことが宣告されたからである。サドはハジ・ムラートが彼の家に居ることで、部落の住民が彼を引渡すよういつ何時《なんどき》求められるか分からないことを知っていた。だがそのことは彼の心の平安を乱すことがなかったのみならず、彼を喜ばせた。サドは盟友《クナーク》の客人を守ることが彼の命に関わろうとも、それは自分の義務であると考え、然るべく行動していることで自分のことを喜び、自分を誇りに思っていたのである。」（同、一二九頁。）

「色々なこと」や「何かと多くのこと」──その全部についてハジ・ムラートは非常に複雑に物語る。『ハジ・ムラート』を読むと、天才の芸術的遺言と見なされるこの傑作を創造するためにトルストイはどんなに多くの本と資料（五千以上）を読まねばならなかったかを私たちは確信する。

しかしながら「色々なこと」、「何かと多くのこと」があったのはコーカサスの前線だけではなく、ロシアの銃後でもあり、しかも不吉なことが多くあった。ロシアの、兵士の故郷の村で、荒廃が見られた。彼の妻は家を出て、夫を裏切った。彼の老いた母は空しく息子に金を送る。これはどの戦争でも起こる避けられない現実である。本質的に、これは

『戦争と平和』の縮図である。

ハジ・ムラートの人生の歴史そのものは私たちにとって甚だ興味深い。しかしながらもっと興味深いのは、この山民の英雄に対するトルストイの見方が変化した歴史である。ここに疑問が湧く――ハジ・ムラートのいったい何が高齢のトルストイをあんなに強く惹きつけたのか、という疑問である。思うに、かつて若い砲兵下士官のトルストイはハジ・ムラートがロシア軍の前で降伏したことに憤慨し、親戚への手紙に次のように書いた。「コーカサス便りをひけらかしたいと思うなら、シャミーリに次ぐ次席のハジ・ムラート某が先日ロシア政府の側に就いたのです。これはチェチェンきっての向こう見ず（勇士《ジギート》）で馬乗りの名人、雄々しい若者だったのに、卑劣なことをしたのです。」（S・トルストイ［次兄］とM・シーシキナ宛ての手紙、一八五一年十二月二三日付け、チフリス［トビリシ］より。）

若いトルストイにとって有名な山民のこの行動は、おそらく、断罪、軽蔑、嫌悪に値し、勇気の文字通りの反意語であった。だが晩年のトルストイにとって真のコーカサスの勇者はハジ・ムラートに他ならなかった。

実は、当時のトルストイにとってコーカサス戦争には一人の敵がいたのであるが、それはどちらかの戦闘当事者ではなく、別の何かであった。それについてシクロフスキーは次のように書いている。

「『ハジ・ムラート』ではトルストイに敵が居る。この敵は農民の敵である。彼は山民の敵であり、彼は農民が自分の畑で玉蜀黍を収穫するのを邪魔する。そして彼はロシアの農民の敵であり、彼はロシアの農民をコーカサスへ送って虐待するのだ。」（7）
（7）V・シクロフスキー、前掲三巻著作集、第二巻、レフ・トルストイ、六三〇頁。

この議論で「彼」とは誰なのか、あるいは「それ」とは何なのか、という疑問が湧く。今のところ明らかなのはただ、これは山民の、そしてロシアの農民の敵である何者か、あるいは何かだと言うことだけである。この疑問に明解に答えているのがM・ボイコによるこの中編小説の註解である。

「こうした人たち自身（シャミーリとニコライ一世。――糸川注）が他人の運命を指図しているのだが、問題は彼らが不道徳であるということにさえあるのではない。それより遥かに邪悪で危険なのは、一定の社会制度が作り出されていて、それが自身の活動の中へ多くの人々を引き込み、社会悪を不可避的に再生産していると言うことである。独裁権力の本質が、またその権力が全人類にとって敵対的であることが、トルストイによって明晰に理解されるのだが、そのことが小説の紛争をとりわけ尖鋭なものにしている。ハジ・ムラー

トの運命は偶然性というものではなく、不可避の法則性なのである。」（8）

（8）M・ボイコ　註解。――モスクワ版トルストイ二十二巻全集、第十四巻、短編小説と中編小説、一九〇三―一九一〇年、四九一頁、傍点ルビは引用者。

トルストイは十九世紀中葉（一八五一年）にハジ・ムラートの降伏に言及し、十九―二十世紀の境い目にハジ・ムラートについての中編小説『コサック』を書いた。この半世紀の間にトルストイ自身の人生にも「色々なこと」、「何かと多くのこと」があり、その中には精神的転機もあった。そして作家のこの精神的転機はコーカサス戦争の本質に対する変化した理解にも現われている。今やトルストイの世界観の中には山岳農民とロシア農民に、すなわち両国民の庶民に共通の敵が居る。そしてこの敵からの解放のための闘いでハジ・ムラートは真の戦士かつ勇者なのであった。このことについてシクロフスキーは次のように書いている。

「『ハジ・ムラート』には旦那が生まれ、彼に息子が生まれて変わったという、古いテーマがある。男の子が生まれ、母親は息子のために旦那のところへ召使いに出なかった。息子は成長して戦い始めた。彼は不仕合わせであり、刀剣で斬られ、逮捕され、深みに跳び込まねばならなくなったが、服従しなかった。トルストイはハジ・ムラートがどう戦った

かを描いて、〝そうでなくちゃならん、そうでなくちゃならん〟と書く。」(9)

(9)V・シクロフスキー、前掲書、六二九頁。

農民の敵――それは民衆の敵である。もしそれがそうなら、人生の真実も正にこの敵との闘争に存する。そしてこの闘争に於いて、農民の敵との闘争に於いて、ハジ・ムラートは疑いもなく真の英雄であり、無条件で真の勇者である。ここで思わず若い作者のコーカサス物の一番最初の短編小説である『侵攻』に書かれた勇気をめぐる議論が想起される。

この意味でトルストイの追悼文で次のように書いたフランクは正しい。「青二才のトルストイは既に、全世界的な友好関係を夢見ていた、そしてその思想を抱いて長老のトルストイは世を去った。公正さは生涯、彼という存在の真の、内面的な力であった、なるほどそれは克己によって獲得されるものなのだが。」(10)

(10)S・フランク『トルストイ追悼』(一九一〇年)―「トルストイ 肯定と否定―ロシアの思想家と研究者が評価するトルストイ」、サンクトペテルブルク、ロシア・キリスト教人文大学。―モスクワ、「文学」出版所、一九七四年、六三一頁。

だが一つの過程がまだ私たちから隠されている。それは、コーカサス戦争という事実に関して、現実的な情勢への作者のまなざしが、若者らしい砲兵下士官のそれから経験豊かな長老のそれへと変わった過程である。小説の本文批判学（テクスト・クリティーク）の仕事をしたクールキナは次のように主張している。

「（………）最初トルストイは山岳民族を専《もっぱ》ら犠牲者としてのみ描きだそうと考えた。（………）最終的なテキストではと言えば、作者の立場はそれより著しく複雑である。（………）作者はこの短編小説を書く過程でコーカサスの軍事的紛争に対する一面的な見解を捨て、ロシア人、そしてまた山民への彼の態度は多面的なものになる。（………）思想家トルストイは一九〇〇年代にはロシア人にとっても、山岳民族にとっても、民族的・歴史的・経済的見地のいずれからもコーカサス戦争の否定に至る。この異なる解釈を許さぬ、絶対的な戦争の否定は『ハジ・ムラート』の芸術的な画布の一つ一つの細部に余すところなく裏づけされている。」(11)

(11) T・クールキナ、前掲論文、一三〇頁、傍点ルビは引用者

コーカサス戦争の本質を探究して、トルストイは真実という問題に逢着したことが明ら

かになる、なぜなら現象と本質は二つの異なることであり、事実と真実でさえ同じことではないからである。

ここに筆者は次のことを繰り返して述べる。トルストイの中編小説『ハジ・ムラート』は作家の芸術的遺言と見なされている。ロシア語には「白鳥の歌」という言い回しがあり、「絶筆、辞世、最後の言葉・仕事・作品・功績」という意味を持つ。白鳥は死の前にただ一度歌うという言い伝えから作られた言い慣わしである。これを念頭に置けば、『ハジ・ムラート』は文字通りトルストイの「白鳥の歌」である。だが、「白鳥の歌」というロシア語の言い慣わしを言い換えて、筆者はそれを「鶯の歌」と呼びたい思いに駆られる、小説の終わりで鶯がそのさえずりを奏《かな》でるからには。

「射ち合いのあいだ鳴りを潜めていたる鶯が、ふたたび歌いだした。初めは近くで一羽きりだったが、やがて離れた外れのほうで他の鶯も歌いだしたのである。」（モスクワ版全集、傍点ルビは引用者。）

そして牛蒡《ごぼう》が小説の始め（より正確には前置き）を象徴し、そして鶯がその結末（しかも牛蒡は結末にも言及されている）を象徴するのは偶然であろうか。自然という点で、牛蒡と鶯はまったく異なる（牛蒡は植物で、鶯は動物である）。だが言葉という点で、牛蒡（レペイ）と鶯（ソロヴェイ）は韻が合う。ロシア語では牛蒡はр е п е й　であり、鶯はсоловейなので、語尾を同じくしている。自然と真実は必ずしも同じものではない。だが自然の中でまったく異なるものも、ある基準では共通点を持つ訳である。

『ハジ・ムラート』が書かれてから百年以上が経った。ロシア人も山岳民族もそれに含まれる全人類は再び世紀の境い目を跨いだ。だがロシアとコーカサスに関わる古くからのテーマは差し迫ったままである。歴史は繰り返され、レフ・トルストイのコーカサスのテーマも復活した。ロシア―コーカサス戦争は今クレッシェンドで進行している。トルストイのコーカサス（とロシア）のテーマの焦眉性に関しては次のような説得的な見解がある。

「『ハジ・ムラート』の焦眉性は「感情の教育」にある。ひょっとして、この小説を読んだ人は、トルストイのように、「自分のことが恥かしいと感じることをやめずに」と言うかも知れない。」(12)

(12) V・コーヌィシェフ「トルストイの『ハジ・ムラート』に於ける人間と世界」―トルストイ生誕一七五周年記念国際トルストイ学会、トルストイ関係の論文集、トゥーラ、二〇〇三年、第一部、一四一頁、傍点ルビは引用者。

（完）

初出　Лев Толстой, как зеркало
Кавказской войны —
“Лев Толстой и
мировая литература,” —
Ясная поляна, 2007.

二、クリミアのトルストイ

今夏（二〇一〇年八月）、私はウクライナのクリミア半島にトルストイの足跡を辿る旅をした。今年は文豪の出奔と逝去の百周年に当たるので、それを記念した行脚の積もりである。トルストイの本拠地ヤースナヤ・ポリャーナで隔年に開催される恒例の国際トルストイ学会で研究報告をした翌日、私は陸路でクリミアへ向かった。折からの「熱帯ロシア」の夏の旅は過酷なものだったが、トルストイ自身のクリミア滞在自体が、一回目はクリミア戦争、すなわち露土戦争（ロシア・トルコ戦争）での従軍で、最後の三回目は重篤な病気療養での安静生活という、どちらも気楽な物見遊山の旅ではなかったことを思えば、この難行は「天の配剤」であると心得た旅の空であった。

広大なユーラシアはどこへ行くにも甚だ遠いが、今は独立国家となったウクライナの南端で黒海の北岸にあるクリミア半島へ陸路で行くには、モスクワから二昼夜弱の鉄路の旅となる。

今回の探訪はクリミアの交通の要衝シンフェローポリ（同名の州の首都）を起点にトルストイが将校として戦った軍港セヴァストーポリを探訪することがその主な目的だったが、保養都市ヤルタの近郊や韃靼《だったん》の地バフチサライ（蒙古帝国の名残り、旧クリミア汗国の首都）にも立ち寄れた行路のお陰で、クリミアに刻まれたトルストイの足跡を思い掛けず各地に辿れたのは幸運だった。

トルストイのクリミア滞在の一回目である、露土戦争は世界史に名高いクリミア戦争と呼ばれ、その折のナイチンゲールの活躍が後の国際赤十字社の結成に道を拓いたことはよく知られている。砲兵少尉トルストイが配属された部隊は一八五五年三月、セヴァストーポリ防衛の最重要戦線だった第四陵堡《りょうほ》の部隊であり、しかもトルストイ自身は丁度この軍都の突撃戦と時を同じくしてその第四陵堡に移った。雨あられと降る砲弾にも拘らず陵堡は陥落せず、ロシアの部隊は英仏軍など敵軍の町への侵攻を許さなかった。この凄まじい攻防戦の体験は時を移さず、三部作の第二作『五月のセヴァストーポリ』に活写され、トルストイは一躍ロシア文壇の新星として光芒を放つことになる。前期の代表作『戦争と平和』をはじめとする諸々の戦争の場面も、この踏み台なしにはあり得なかった。

市内にはクリミア戦争が激戦を極めた第四陵堡が一世紀半前の、ありし日のままに湾状の黒海を望んで据え置かれている。実地に探訪したこの第四陵堡を思い出しながら「セヴァストーポリ物語」の第一編『十二月のセヴァストーポリ』を読み返すと、凄惨な死闘の有様が目に浮かぶ思いで、芭蕉の「夏草や兵《つわもの》どもが夢の跡」の感懐を禁じ得ないと共に、たぐい稀なトルストイの筆力に打たれる。


ガスプラの「ヤースナヤ・ポリャーナ」

それから半世紀を数えようとする一九〇一年、すなわち自身の出奔と逝去に先立つこと九年の時点で、トルストイは三度目にクリミアの地を踏み、今度は重篤な病身でヤルタ近郊のガスプラに十か月ほど滞在する。私は今回、半ば偶然にその折の作家の滞在地に立寄る機会を得たことに感謝しなければならない。実は、私は近年ロシア（そして今回はウクライナも）滞在の拠点ないし起点をトルストイの旧地主屋敷で現在は作家の記念博物館であるヤースナヤ・ポリャーナに置く厚遇に浴しているが、何とクリミアの名勝地ガスプラにも同じ名称を掲げた、事実上のトルストイ記念博物館を見出した訳である。

重病のトルストイに医師団は保養地クリミアでの転地療養を勧め、作家はソフィア夫人ら家族と一緒に知人の大貴族、女優を欺く美貌の伯爵夫人ソフィア・パーニナからガスプラの豪華な別邸を提供されて、そこに逗留することになった。黒海を望む高台の地主屋敷が何と「ヤースナヤ・ポリャーナ」という施療院になって、トルストイが滞在した百年余り前の往時を偲ばせている訳である。そこにはロシア・ソビエト史の有為転変の跡も覗われる。もうその直後から文豪の祖国はロシア革命の時代に入り、両家(トルストイ家とパーニナ家)の地主屋敷も言わば新時代の「官軍」から「賊軍」の根城と見なされる憂き目に遭う。一週間ほど前に中央ロシアの古都トゥーラ近郊にあるトルストイの旧地主屋敷ヤースナヤ・ポリャーナを旅立った私が、千里も離れて今は隣国ウクライナになった最果ての地に同名の公共施設を見出して、栄枯盛衰の深い感慨に耽ったのは無理もない。

トルストイは一九〇一年九月にガスプラに到着し、およそ十か月を過ごして快癒し、翌年の六月にその地を離れる。幾通もの手紙から、この時期トルストイの病状はかなり深刻なものであったことが分かるが、それだけにその健康回復に寄与し、作家の寿命を八年ほど延ばすことにも貢献したガスプラの療養生活は高く評価されなければならない。なぜなら、ガスプラ時代を含むトルストイの最後の十年には幾多の重要な作品が含まれているからである。長年に亙って未完成だった晩年の最大の名作『ハジ・ムラート』は実にこの地ガスプラで完成を見る。この三―四年後の日露戦争に際しては不朽の非戦論『胸に手を当てて考えよう』（北御門二郎訳）が書かれる。原久一郎訳『一日一善』、北御門二郎訳『文読む月日』（後者はその原題を直訳すれば『読書の環』となる）といった大著もガスプラ以後の健在なトルストイなしには完成を見なかった、得難い文学遺産である。この意味で、ガスプラのトルストイゆかりの家が言わばヤースナヤ・ポリャーナのクリミア支部、分館の呼び名で保存されていることに、異存のある向きは少ない筈である。またガスプラ逗留中にトルストイは、やはりクリミアへ来たチェーホフ、ゴーリキー、コロレンコ等といった後身の作家たちの来訪を受けているが、彼らが書き残したトルストイをめぐる回想録や書簡、述懐などもロシア文学の貴重な遺産になっている。

それにつけても、プーチンによる今次のウクライナ侵攻（侵略戦争）の罪深さが大写しになる。それこそプーチン自身が言う、兄弟国としてのロシアとウクライナなしには、ウクライナ絡みのトルストイの文学遺産もないか、少なくとも貧弱なものになる。二〇一四年のクリミア「併合」が既に「セヴァストーポリのトルストイ」にケチをつけている。それに加えての今次のウクライナ侵攻である。ロシアとウクライナ両国の経済・社会・文化が如何ばかりの損害を蒙り、荒廃が進み、どれほど衰退の憂き目を見ていることか、測り知れない。

ギリシアの名残りと韃靼《だったん》の息吹

セヴァストーポリやシンフェローポリなどの都市名の「ポリ」が古代ギリシアの都市国家「ポリス」を意味することから分かるように、クリミアの歴史は紀元前数世紀に遡《さかのぼ》る。中世以降もこの地には様々な民族が去来したが、歴史に鮮明な足跡を残したのは蒙古帝国のキプチャク汗国で、クリミア（ロシア語のクルィム крым）は蒙古語に由来する。汗国の崩壊（十五世紀前半）を受けてこの地に独立したクリミア汗国は帝政ロシアとオスマン帝国の狭間で十八世紀からクリミア戦争を含むたび重なる露土戦争に巻き込まれる。中心都市バフチサライに極まる韃靼《だったん》の面影はクリミアの風土を豊かに彩っている。プーシキンの長詩「バフチサライの泉」と、その同名のロシア・バレーはユーラシア大陸の歴史と文化の豊かさを教えてくれる。そのバレーで舞われる「韃靼《だったん》の踊り」は誉れ高く、ユーラシア国家ロシアの文化のアジア的な側面を色濃く反映している。また現代史に於いてクリミアはロシアとウクライナの関係を反映して、黒海艦隊の帰属問題などを孕《はら》んでいる。

【ここの記述は、このエッセイの執筆年代との関係で、現状とは違っている。著者のクリミア探訪は二〇一〇年で、エッセイの初出も二〇一〇年であり、その四年後に起こったロシアによるクリミア「併合」によって、黒海艦隊の帰属もウクライナからロシアに変わっている。——著者注。】　こうして「クリミアのトルストイ」というテーマは、それが悠久のユーラシア史に連なって息づいていることを思わせずに居ない。

トルストイ文学のふるさとは何と言ってもヤースナヤ・ポリャーナであるが、コーカサスとクリミアは第二・第三のふるさとと言えよう。故郷を遠く離れた、遥かかなたの二つの大地はトルストイ文学の揺籃となり、『戦争と平和』の遠大な生成の端緒を拓いた。加えてクリミアはトルストイ晩年のゆかりの地ともなり、作家の生活と作品の両面で重要性を増したことは、文豪の終《つい》の出奔と逝去百周年に当たり、認識を新たにされてよい。

初出　『青淵』、七四〇号、二〇一一年十一月号

【追記】

二〇一〇年のこのクリミア紀行から二〇二三年の現時点までの十三年間に、先ずクリミアが激変し（二〇一四年のロシアによるクリミア「併合」、次いでウクライナ自体が存亡の危機に瀕してしまった（二〇二二年のロシアによる「特別軍事作戦」という名のウクライナ侵攻、実は侵略戦争）。「十年一昔」と言うが、あの折のクリミアの探訪も紀行も「今は昔」の語り草になってしまった。懐かしのクリミアの地を再訪しようにも、クリミアの旧知と旧交を温めようにも、今は術《すべ》なしになってしまった。当のクリミアの人々、ウクライナの人たちにとっては、それどころではないと思われる。ロシア文学でのロシア・

ウォッチャーをもって自任し、ウクライナにも「袖触れ合う」ほどだが「多少の縁」がある筆者としては、「どうする家康」ならぬ、「どうする御身《おんみ》」の問いに日々を送る昨今ではある。

とは言え、力なき文弱の徒にはペンの闘いを措《お》いて為す術《すべ》はない。

二〇二三年三月、著書

三、今と昔のロシア化政策

ロシア史はキエフ時代に始まる。モスクワ・ロシアの前にキエフ・ロシアがあった。ロシア国家の始まりはウクライナにある。この事実は二〇一四年に出来《しゅったい》したロシアのウクライナ「併合」を歴史的に捉える上で欠かせない。

今、事実と書き、歴史と書いたが、厳密には括弧つきで、事実も歴史も神話や物語と綯《な》い交ぜである。とりわけ古代史ではその意味合いが強く、事実も歴史も神話と紙一重しか違わない。従ってロシアがウクライナに執着する姿勢には神話の世界へ舞い戻る趣がある。一見して明白な事実が底なしの闇を呈しているのは、事がこうした神話にまで根を張っているからである。そもそも神話が子供騙しであるように、神話を排しない政治や外交は大人騙しである。

ロシア語には「ロシア化する」という意味の「(オブ)ルーセーチ(о б)русеть」という動詞、また「ロシア化」という名詞「オブールセーニエ」があるが、語根の「ルーセ」はロシアの古風で詩的な呼び名である「ルーシ」にも、今の呼び名である「ロシア」にも通じている。キエフからモスクワへ、モスクワからペテルブルグへと首都を移した、古代ロシアから帝政ロシアへの道は、多分にこの「ロシア化」政策の道、またその戦略の道でもあった。

ロシア革命に端を発する社会主義のソ連時代に、このロシア化政策は十五の共和国を擁するユーラシア国家として世界を二分する大国となった。ソ連崩壊によってロシア化政策は破綻を来たした訳であるが、「新生ロシア」は括弧つきのまま新生を果たせず、破綻という現実を直視できないで、歴史の歯車を逆転させる愚挙に及んでいる。クリミアの「併合」も、東部ウクライナでの策動も、プーチン・ロシアのロシア化政策への執着であることは見え透いている。言わばロシア史の「キエフからの道」を「キエフへの道」に逆転させようとする動向が反動、反時代、時代錯誤、歴史の逆行であることは言うまでもない。国家百年の計をめぐるプーチンの迷妄と迷走が、その余波を広く世界中に及ぼしている事態は愚かしくも嘆かわしい。

ところで、この問題に最深の関わりを持つのがロシア文学であり、なかんずくその双璧トルストイとドストエフスキーである。

「コンスタンチノープルはロシアのもの」——毎号のようにこうした小見出しが躍る『作家の日記』は誰あろうドストエフスキー晩年の個人雑誌である。時は一八七七年とその前後、宿敵同士のロシア（露西亜）とトルコ（土耳古）は因縁の露土戦争で今また対峙していた。「トルコ領内の抑圧されたスラブ民族（キリスト教徒）の状態を改善し保護する」とされたロシアの戦争目的は、今次の紛争でロシアが主張する、「クリミアと東部ウクライナのロシア人を支援する」という〝紛争目的〟と何ら変わらない。文字通り「歴史は繰り返」している訳である。プレブナ要塞での劣勢を跳ね返したロシア軍は一八七七年末にコンスタンチノープルに迫る勢いであった。ドストエフスキーが前記の標語でスラブ民族主義を煽《あお》り、主戦論をぶち、トルストイの非戦論を痛罵したのはこの時期である。その直後のサン・ステファノ条約で近東とバルカン半島での支配権を確立したロシアは、イギリスやオーストリアなど列強の脅威になり、第一次世界大戦の遠因となる。

「歴史は繰り返す」を今また地で行かないためには、ウクライナ紛争をロシア対EU・アメリカなどという「いつか来た道」に通じる対立の構図にしてはならない。その成否はひとえに、露土戦争の戦後処理とは違った紛争解決が近々できるか否かに掛かり、「歴史を繰り返さない」知恵の案出に掛かっている。

二人の文豪はロシアの文人の中でも「芸術家かつ思想家」と併称される双璧であるだけに、その対照的な戦争観はひときわ注目に値する。

ドストエフスキーには戦争体験がなく、強いて戦争との有縁を拾えば、ペテルブルグ工兵学校卒という学歴と、シベリア流刑時代に軍服を着た写真が残っていることくらいである。そのためもあり、その芸術である小説に戦争のテーマはないに等しい。

それとは対照的に、トルストイはその「文学事始め」の一半がコーカサスを舞台にした山岳民族との戦争であり、（他半は『幼年・少年・青年』などの自伝物）、『戦争と平和』を前期の代表作とした作家なので、その芸術作品に占める戦争の比重は大きい。加えて思想家やジャーナリストとしての著作にも戦争に関するものが少なくない。

『胸に手を当てて考えよう』はトルストイが日露戦争に際して書いた非戦論であるが、当初ロシア国内では発禁になった。尚、この戦争にはトルストイの四男アンドレイが志願兵としてシベリア鉄道で極東へ赴き、従軍し挫傷を負って帰還している。非戦論を説く大作家の息子が日露戦争に志願兵として参加したこと自体、「父と子」という問題の難しさを象徴していよう。不肖の子とは言え、血を分けた息子にさえ無視される父親の思想に国民が賛同するか、という疑問も拭えない。だが父親が戦地の息子に送った手紙には、軍人の大先輩としての助言の節々に父親の愛情が脈打っている。母親ソフィアは、アンドレイの出征を見送りに遠くタンボフ県まで出向いていた。ふしだらな生活を送り家庭を壊して戦地に赴く息子だが、我が子に抱く母性愛は変わらないことを日記に綴っている。

この父子の愛、母子の愛は同じ日露戦争に従軍した弟を思って与謝野晶子が詠《よ》んだ詩編「君死に給うたまふことなかれ」の心情に通い、戦争の敵国同士であれ、同じ肉親の情を伝えている。日露戦争当時、ソフィア夫人は五〇歳で晶子は二五歳であり、年齢差はほぼ親子ほどもあった。そのトルストイ夫妻の息子アンドレイと晶子（弟も）は同世代だった訳である。トルストイの『戦争と平和』には戦争にまつわる幾多のテーマがある中に「戦争と家庭」、「戦争と親子」、「戦争と夫婦」などの重要なテーマがある。それを知らない者が戦争を美化し礼賛して主戦論を説くのであるが、その無知を熟知している『戦争と平和』の作者は、沸き起こる日露戦争の主戦論にもはや付和雷同しない。

「コンスタンテチノープルはロシアのもの」という歌い文句は「クリミアはロシアのもの」という今度のロシアの世迷言《よまいごと》とピタリ共鳴して、ユーラシア大陸に雷鳴のように轟く。戦争という大量殺戮《さつりく》を黙認するどころか煽動する思想は、『罪と罰』はじめ五大長編小説などの思想と、作者の中でどのように共存していたのか。人間の心は神と悪魔が共存する〝戦場〟であり、出来ればそれを「狭めたい」（『カラマーゾフの兄弟』）、という名言を残した作家は、小説はいざ知らず、時事評論を書く思想家としては悪魔の業に加担する確信犯である。文豪の本心は、その本音はこんなところにあったのか。

先年、筆者はロシアの国際学会でこの問題について研究発表をする機会を得たが、反論や反発はそれこそ半端でなく、ロシア民族主義の〝健在ぶり〟を痛感し、その凄まじい風当たりにたじろぐ羽目になった。一般世論もそれと別物でないと考えれば、翼賛的に高いプーチンの支持率にも納得が行こう。『作家の日記』を丹念に読めば、西洋中世の十字軍を引き合いに出すくだりが目に留まる。この作家のキリスト教も十字軍のそれかと知れば、世界はどこまで主戦論に毒されているのか、と慨嘆に堪えない。思えば露土戦争のロシア（スラブ）軍も一種の十字軍であった。だがそもそも十字軍の十字（十字架のキリスト）は戦争に馴染まない。赤十字が正にキリスト教の精神に則った理念を体現する事業や機関であるのに対して。

これに対してトルストイは言わば「脱ロシア化」を我が道とした。当然それは脱ロシア正教（脱キリスト教も）、脱ロシア（スラブ）民族主義、脱ロシア帝国を内容とする。ロシア正教との関係を見れば、ドストエフスキーはその諸悪を丸呑みにして不問に付したのに対して、トルストイはその背信と悪徳の限りを暴露して、自らは破門された。双璧の文豪に関わる不問・破門はこの場合、日本語では期せずして語呂合わせを生みだして、一興となろう。

ロシア（スラブ）民族主義に目を向ければ、二人の文豪の間には隠された一大論争があり、その本格的な考察は未だに将来の課題として残されている。

トルストイは十九世紀中葉の露土戦争、いわゆるクリミア戦争にコーカサスの戦地から配転の形でドナウ戦線を経て移り、程なく将校に昇進してセヴァストーポリの激戦地、しかもそのまた最大の防衛線であった第四陵堡で凄惨な戦闘に参加する。その体験を踏まえて書かれた「セヴァストーポリ物語」（三部作）は『戦争と平和』への一里塚になっている。そこには早くも戦争の本質への開眼と、やがて非戦論の〝戦士〟にも〝闘士〟にも変貌する作家の片鱗が覗われる。コーカサス同様、こうしたトルストイを讃える銅像、胸像、銘板などはコーカサスとクリミアのあちこちにあり、それらは祖国ロシアの今度の蛮行と愚挙を永遠の彼方から睨んでいるかのようである。

クリミア戦争の敗北はロシア国内に改革と近代化の機運を生み、ロシア史上に「大改革」と呼ばれる農奴解放令（一八六一年）をもたらす踏台になった。その延長線上にある二十世紀のロシア革命と帝政ロシアの崩壊は、世紀初頭の日露戦争が一因と見られている。今回のクリミア「併合」は前々世紀と前世紀のこうした史実に照らして、極めて危うい賭けと言えよう。現に現在、ロシアの経済危機は深刻化の一途を辿っている。

奇しくもトルストイはクリミア戦争の決戦地セヴァストーポリで将校として激戦を体験し、「セヴァストーポリ物語」の執筆を第四陵堡の陣中でも中断しなかった。そこには国運を担う軍人としての気負い、帝政ロシアの一国民としての誇り、そして何よりも一人の人間としての真っ当な愛国心があったが、偏狭な愛国心やロシア（スラブ）民族主義はなかった。クリミア戦争は「クリミアの天使」、「看護婦の母」として名を馳せたナイチンゲールとも切り離せない。そして彼女の活動がやがてJ・デュナンによって創設された赤十字社の起因となったことも。（一八六三年、国際赤十字社の創設）。すなわち、戦地のクリミアは平和の象徴としてのクリミアでもある。その平和と博愛のイメージを無残に蹴散らしたプーチン・ロシアの罪障は弥《いや》が上にも深い。ロシアは末永くその償いをすることになろう。

同時にクリミアはトルストイの名とも切り離せない。戦記文学「セヴァストーポリ物語」はその実「クリミアの戦争と平和」を描いた名作として、今また再読に値しよう。現に本書の第一章「クリミア戦争」で援用したように、半藤一郎の『語りつくした戦争と平和』の中西進との「親友対談」では、トルストイの『五月のセヴァストーポリ』が話題に上っている。【この結語は本書の執筆に際しての加筆。】

初出　『青淵』、第七九二号、二〇一六（平成二七）年三月号

四、エリツィンの不明とその付け

ロシア連邦の初代大統領ボリス・エリツィンはゴルバチョフを追い落し、プーチンを自身の後釜に据えた。この二つの誤算がプーチンの引き起こしたウクライナ侵略の根底にあ

る。2008年にエリツィンはプーチンを後継指名したことを後悔したと伝えられる。それは後悔では済まされない、自身の大過であり甚大な不明であった。そもそもプーチンはかの悪名高いKGB（国家保安委員会）の出身で、その後継指名自体が歴史の歯車を逆転させる時代錯誤の愚挙であり、不明という汚名に値する。

歴史に「もし」はないが、もしソ連崩壊がなかったら、プーチンのウクライナ侵略もなかったろう。そのソ連崩壊の立役者がエリツィンであった。だからその罪障は限りなく大きい。

ロシアは20世紀にロシア革命を経て社会主義国家となったが、その100年間に社会的・経済的、精神的・道徳的な人間関係の新しい体制を生みだすことが結局できなかった。世界はおろか、周辺諸国にさえ好感を持たれる国にならなかった。（B・スーシコフ著、拙訳『トルストイの実像』による。）ソ連崩壊はその必然的な帰結であり、ロシア革命や社会主義の主導的思想であったマルクス・レーニン主義の本質的誤謬を証するものでもある。だから、20世紀末前後のチェチェン紛争も、その四半世紀後のウクライナ侵略も、その間のグルジア侵攻とシリア攻撃も、すべて不毛だった20世紀ロシアのエピローグ（後日譚）と意義づけられる。従って、20世紀ロシア（と世界）の負の遺産が21世紀の現在に噴出したのがロシアのウクライナ侵略だと考えられる。

だからと言って、ロシアは革命以前の帝政ロシア、農奴制社会の古いロシアのままでよかったということには決してならない。トルストイは、革命は唯物論による階級闘争であり、その根底には無神論・無宗教があり、それらは殺人を是認し拒否しないとした――(『汝らの内なる神の国』)。このトルストイは青年時代、今のチェチェン共和国があるコーカサス地方で、ロシアと辺境の山岳民族との戦争に志願兵として参加し、『侵攻』や『森林伐採』といった初期小説を書いて華々しく作家デヴューした。(並行して『幼年時代』を始めとする自伝的三部作にも着手した。) 程なく活動場裏をコーカサス戦争からクリミア戦争に移し、今度はセヴァストーポリの決戦場で将校として激戦を体験し、『セヴァストーポリ物語』という三部作を書き、作家としての地歩を着実に築いた。自伝物と戦記物――この二つの系列が統合されて『戦争と平和』に結実する。後期トルストイの非戦論は前期トルストイのこうした戦争体験を踏まえた信念である。

『戦争と平和』に描かれたナポレオン戦争はロシアでは「祖国戦争」と、また第二次世界大戦のヒトラー・スターリンの独ソ戦は「大祖国戦争」と呼ばれ、いずれでもロシアは侵略国ではなく、被侵略国として戦い、甚大な被害を蒙った。それらの戦争はどれも侵略戦争ではなく、防衛戦争であった。独ソ戦をテーマにした戦争文学にもV・グロスマンの二部作『正義の事業のために』、『生活と運命』などの大作などがある。

だが今度の、21世紀のロシア・ウクライナ戦争は誰の目にも明らかな、ロシアによる侵略戦争である。「特別軍事作戦」という、もっともらしい看板で蛮行を糊塗し、真相を隠蔽するこの「プーチンの戦争」はロシア史に永遠の汚点を残さずにいない。プーチンは「悪いのはネオナチのウクライナだ」、「NATOが不拡大という（口）約束を破ってなし崩しにしている」等の難癖をつけてロシアの侵攻を、侵略戦争を正当化している。だが真っ当な見方はそれと正反対である。

『「ジョセフ・ナイが『ソフトパワー』という概念を打ち出したのは、一九九〇年。『ソフトパワー』とは、『強制』ではなく、相手を『取り込む』力＝相手を引き込む『魅力』の力だ。（中略）そもそも、隣人のウクライナを取り込めなかったのはロシアのソフトパワーの欠如ではないか。」（小檜山ルイ「平等とソフトパワー」─『青淵』、二〇二二年五月号。）

ソ連崩壊によってソ連を構成していた十五の共和国は独立したが、多くの共和国にとって独立はソ連からの離脱であり、離反で在り、解放でさえあった。ソ連時代、政治は暗黒、経済は貧困、文化は不自由であった。そうした連邦の解体は言わば歴史の必然であり、マルクス・レーニン主義が自ら言う歴史的必然であった。小檜山エッセイを援用すれば、ソ連邦には構成共和国を「取り込む力」、「引き込む魅力」が「欠如」していた。こうした見解に照らせば、プーチンの言い分は強弁であり、無根拠であることが分かる。そしてその行動は暴挙であり、狼藉《ろうぜき》であることも。

ヒトラーとドイツ国民は違うという一面もあるように、プーチンとロシア国民は違うという一面も確かにあろう。だがヒトラーを生んだのはドイツ国民であり、プーチンを生んだのもロシア国民であるという他面がないとは言えない。ロシア人はその深い負い目をいつまでとは知れず、少なくとも22世紀までは負わねばなるまい。ショーロホフの『静かなるドン』は革命軍と反革命軍の、赤軍と白軍の国内戦争を背景にしているので、ある意味で容易にロシア文学の名作たり得た。だがロシアがウクライナに仕掛けた紛れもない今次の侵略戦争からどんな文学が生まれるか、果たしてそれが今世紀に生まれるかさえ今は覚束ない。事程左様にこの侵略戦争はおぞましい。その意味で、今のロシアは建国以来の未曾有の悪しき事態に陥っている。今やロシアは世界の貧困と不幸の元凶である。

いわゆる「市場経済ロシア」である現代ロシアの大統領はソ連崩壊のどさくさ紛れにエリツィンからプーチンに引き渡された。経済が社会主義から資本主義に移行する際にプーチンの裁量で国営企業をせしめたオリガルヒ（新興財閥）は政権と通じる特権階級になり、プーチンの専横を許す温床になっている。強いロシアを希求するロシア人の国民性は力の、すなわち軍事力の信奉をもたらし、政敵や反体制派を抹殺する暗黒政治を許して来た。プーチン政権の最初期に実行されたチェチェン共和国の掃討作戦は自作自演の「偽旗作戦」の手始めで、政権の「原点」と見なされる。(「侵攻の深層」――プーチンとウクライナ――、東京新聞、二〇二二年五月二十五―二十八日付、一―四。) ジョージア(旧称グルジア)侵攻やシリア攻撃はその「原点」から出た同一作戦であり、今次のウクライナ侵略戦争もその一環以外ではない。

ソ連崩壊はソ連の実態からの必然的帰結であることを思えば、その果てのウクライナ侵攻という侵略戦争はソ連時代なら国内線であり、ロシア革命に伴う赤軍と白軍の国内戦に通じる。(プーチン自身がウクライナを兄弟国と呼んでいる。) 社会主義ロシアを生み出したロシア革命はマルクスやレーニンの史的唯物論という世界観に立つ。そして唯物論が無神論の別名でもあることは、ソ連時代にロシア正教の教会が破壊され、その信徒が迫害されたソ連史に歴然としている。連綿たる暗殺や虐殺の歴史であるソ連史と現代ロシア史は優にウクライナ侵略戦争を説明するに足りる。その遠因は遥かなるロシア・ソ連史にあり、その闇もまた無上に深いと言わねばならない。プーチン戦争はプーチン体制の帰結である。

ソ連時代、その本家本元のロシア共和国でも体制の批判や否定が渦巻いていたことは、ソルジェニーツィンの大作『収容所群島』が雄弁に伝えている。現下の状況でもロシアからの出国者は連綿と続いている。ウクライナをロシアの弟分として自己の陣営に縛りつけておこうとするプーチンの迷妄と錯誤は弁解の余地がない。

初出　『青淵』、八八三号、二〇二二年十月号

あとがき

もうないかも知れないと思われていた大きな戦争が二十一世紀にも起こってしまった。戦争はやっぱり過去のものではなかった訳である。

外交が内政の延長であるように、外交の失敗や行き詰まりから始まる戦争も内政の延長である。侵略戦争を起こす政権は大抵は大きな内政問題を抱えている。プーチン政権もその例外ではない。強権政治を事としてきたプーチン政治は統制と弾圧を避けも恥もせず、それを年を追って強化し、今や事実上の独裁政権になり、恐怖政治の域に達している。二〇一四年のクリミア「併合」も、二〇二二年二月のウクライナ侵攻も内政に於けるそうした強権政治が国境を超えたものに過ぎない。

トルストイは生涯に幾つものロシアの戦争に関わり、様々に戦争を反映した。そして幾つもの作品は戦争を、あるいは戦争も取り上げている。それ故にそうしたトルストイの作品は現下の祖国ロシアの戦争にも大きな示唆を与えてくれる。それは、十九世紀はさて置き、現代のウクライナ戦争はチェチェン戦争を承けている、目下のウクライナ戦争はチェチェン戦争の延長線上にある、ということである。プーチン戦争のルーツは自身の政権初期のチェチェン掃討作戦にある。「火の不始末は火事の元」というトルストイの民話がいみじくもそれを教えている。チェチェン戦争はロシアの内紛、内戦、すなわち内政問題である。だがウクライナ戦争は国際問題である。ここには内戦が対外戦争に波及した事実がある。そして両者を繋ぐのが強権政治である。チェチェン掃討作戦とウクライナ侵攻は呼応している。

トルストイは晩年に傑作中編小説『ハジ・ムラート』の執筆をするが。その時期に、双方の政権に強いられてロシア兵士と山岳民族が殺し合う悲劇的な運命に思いを巡らせ、人々が反目し合う原因を取り除こうとする考え、また諸民族を結びつける愛の感情によって暴力に代えようとする考えを自分の同時代人と後世に届けようと努める。

この思想は『ハジ・ムラート』と共にトルストイの独特の精神的遺言であると考えられていて、またそれは作家が志願兵としてチェチェンで過ごした若い頃、チェチェンの優れた勇士ハジ・ムラートによって育まれたものであることが知られている。「暴力による悪への無抵抗」(いわゆる非暴力主義)、愛による人間同士の結びつき、非戦論――それらはトルストイが青春時代にコーカサスの戦地で胸に刻み、精神的転機を経た晩年に至るまでその胸を去ることがなかった、文豪終生の思想であり、不動の信念であった。

プーチン戦争は袋小路に入って出口が見えない。和平も終戦も未だ言葉でしかない。だがトルストイの胸に出口は一つしかない。

糸川紘一（いとかわ　こういち）

1941 年、茨城県生まれ。新潟産業大学名誉教授。

著書
『ドストエフスキー。自明の超克』（露文）、モスクワ、「マックス・プレス」、二〇〇〇年。

『トルストイ　大地の作家』、東洋書店、2012 年。

『チェーホフとサハリン島』、水声社、2018 年。

『チェーホフ　才子多病の生き急ぎ』、文藝書房、2020 年。

『渋沢栄一の半生』、文藝書房、2022 年。

訳書
S・ベローフ『「罪と罰」注解』、群像社、1990 年。
S・ベローフ『ドストエフスキーの妻』、響文社、1994 年。
S・フーデリ『ドストエフスキイの遺産』、群像社、2006 年。
B・スーシコフ『トルストイの実像』、群像社、2017 年。

トルストイとロシアの戦争

2023 年 7 月 20 日　発行

著　者　糸川紘一
発行者　熊谷秀男
発　行　文藝書房
〒 101-0025　東京都千代田区神田佐久間町 2-18-1-10
電　話 03（5050）4423
bungeishobo@gmail.com
ISBN978-4-89477-508-4 C0095

DTP/jungle

12284071R00124

Printed in Japan
落丁、乱丁本のお問い合わせは
Amazon.co.jp カスタマーサービスへ